深夜カフェ★ポラリス

★Late Night Cafe Polaris★

Takimi Akikawa

秋川滝美

深夜カフェ・ポラリス

目次

夜更けのぬくもり

午後十一時、古村美和《こむらみわ》は外に続くドアに手をかける。

金属製の取っ手にもかかわらず、それほど冷たさを感じないのは、建物の中が暖房でしっかり暖められているからで、一歩外に出れば肺の中まで冷たい空気に満たされそうになる。

それでも、ほんのわずかな時間でもいいから外に出たくなる。今の自分に真冬の寒さに耐える力はあるのだろうか、と疑いながらも……

鉄枠が付いたガラスドアは、美和の体調を如実に物語る。いつもなら意識せずに開けられるドアが、今夜はやけに重い。そしておそらく明日も、明後日《あさって》もこのドアは重くなり続けるのだろう。

息子の智也《ともや》がこの病院の小児科に入院してから五日が過ぎた。智也は現在五歳で、未就学児には付き添いが必要という病院の規則に従い、美和も泊まり込んでいる。治療計画によれば、入院期間は一週間前後とのことだった。

これまでも体調を崩すことはあったものの入院に至ったことはなかった。今回が初めての入院で親子ともに大変だったが、三日目に担当医師から、治療は順調だから予定どおり退院できるだろうと言われたあとは、比較的落ち着いた日々を送っていた。

ただ、ほっとして緊張が緩んだせいか、美和自身が心身の苦痛を感じ始めた。とりわけ辛いのは夜で、巡回する看護師の気配や医療機器が発する些細《ささい》な音が気になって眠れない。しかも、粗末な簡易ベッドは疲れを癒《いや》すどころか身体の節々に痛みを運び、自宅に戻りたい気持ちが日々高まる。

病院は治療の場で、保育園でも幼稚園でもない。生活に必要な介助は保護者の役目だし、智也はもっともっと辛いのだと頭ではわかっていても、節々の痛みは和らいではくれない。

身体的疲労以上に問題なのは、経済的負担だ。

美和はシングルマザーで、日中は智也を保育園に預けて仕事をしていたのだが、智也の入院にあたって仕事を減らさざるを得なくなった。フリーランスのライターだから病室でも多少は仕事ができるけれど、智也が保育園にいるときとは能率が全然違うし、退院するまでは新しい仕事を受けることも躊躇《ためら》われる。当然収入は減る上に、退院したあともこれまでどおり依頼があるとも限らない。

あらゆる点で不安ばかりなのに、今日医師から告げられたのはさらに厳しい内容だった。

回復の速度が鈍り始めた。場合によっては入院が長引くかもしれない。本人はものすごく家に帰りたがっているし、こちらとしても帰らせてやりたいが、無理に退院してまたすぐに入院となっても大変だ。入院が長引く場合は、お母さんからも本人にしっかり話をしてあげてほしい、というのだ。

病院が大好きという子どもは稀《まれ》だと思うが、智也はことさら病院が嫌いだ。入院が決まったときは、この世の終わりみたいな顔をしていたし、毎日のように『もう帰れる？　あと何日？』と訊ねる。もしも入院が長引くことになったら、どうなだめればいいのかわからない。どうかすると『一週間って言ったじゃないか、お母さんの嘘つき！』なんて言葉をぶつけられかねない。

治りが悪いというのは、抵抗力が落ちているせいもあるのだろうか。だとしたら原因のひとつは栄養不足かもしれない。保育園の給食は栄養を考えて作られているから、それに甘えて家ではついつい適当になっている。それに、近ごろ肉も野菜もひどく値上がりしている。智也が好きだから肉類はなんとか調達しているが、一食あたりの野菜の量は目に見えて減っていた。

それ以上に気になるのは、智也の体質だ。智也の病気はアレルギー体質に起因するから、皮膚炎や花粉症がひどい美和譲りの可能性が高い。それに、ふと気づくと部屋の隅に埃が溜まっている。布団だって干せない日が何日も続くことがある。忙しさにかまけて家事が行き届かないことも、原因のひとつかもしれない。

バランスのいい食生活にはお金がかかる。でもこんなに働かずにすめば、もっと家事に割《さ》く時間も増やせて家をきれいに保てただろう。

——子育てって、どうしてこんなにお金と頭を使うことばっかりなんだろ……。毎日生きるだけでも精一杯なのに、次から次へと問題が降りかかる。この上、入院が長引くとなったら、もうどうしていいのか……

もう五歳、だがまだ五歳。これから先も子育ては続く。付き添いが辛いぐらいで泣き言を漏らしている場合ではない。もっともっと大変なことはいくらでもあるはずだ。わかっていても、目の前の困難に負けそうになっている。それが今の美和だった。


十メートルほど歩いたところで、顔見知りの女性が向こうから歩いてくるのに気づいた。美和と同じく子どもに付き添っている人で、お互いに男の子かつ同じ病気ということもあって洗面所や談話室で言葉を交わすことも多かった。

彼女の苗字は田代《たしろ》、だが名前までは知らない。ドアの脇に記されたネームプレートには『田代奏《かな》太《た》』という文字があった。記されているのは子どもの名前だから、母親である彼女もきっと同じ苗字だろうし、看護師たちからも『田代さん』と呼ばれているから間違いない。

俯《うつむ》いて歩いていた彼女は、美和——正しくは美和の靴を認めて目を上げた。サイズさえ合えばいいと買った特売品で、ちょっと変わった色のスニーカーなので記憶に残っていたのだろう。

「あ、古村さん……こんばんは」

「こんばんは。コンビニですか？」

「ええ。奏太がやっと寝てくれたので急いで行ってきました」

この病院は最寄り駅から徒歩十分の位置にある。診療科は内科、小児科、産婦人科、整形外科、形成・美容外科、脳神経外科、泌尿器科、耳鼻咽喉科《じびいんこうか》に歯科と多様で、不妊治療や循環器系統には専門のセンターを設置し、各診療科が連携を取った治療をおこなっている。

診察を受けるには基本的には紹介状が必要で、智也も自宅の近くにあるクリニックから紹介を受けてお世話になっているが、患者からの評判はいいし、紹介してくれた近所のクリニックの医師も、あそこなら心配ないと太鼓判を押した。

交通の便もよく、スタッフもおおむね親切、治療を受けるには理想的な病院だが、食事、とりわけ夕食を取る場所についてはかなり寂しい。

院内食堂の営業は午前十時から午後四時までとなっており、美和のような入院に付き添っている家族が夕食をとるには外に出るしかない。にもかかわらず、近隣には呑み屋か、八時には閉店してしまう食堂しかなかった。駅前まで行けば遅くまで営業している店もあるのかもしれないが、往復二十分も歩く気になれない。美和や田代のように、子どもの世話で午後九時、十時になってやっと自分の食事のことを考えられるようになる者は、コンビニのお世話になるしかないのである。

田代の息子は美和の息子より一歳下だが、母親のほうはおそらく美和より五つ、もしかしたらもっと若いかもしれない。付き添いで疲弊《ひへい》しているにもかかわらず、目の下にクマもなくピンと張った肌がそれを物語っている。

とはいえ、彼女は美和のように連日泊まり込んでいるわけではない。三日に一度は彼女の夫らしき男性がやってくるし、日中六十代ぐらいの女性が来て、入れ替わるように田代が外出していく姿を見たこともある。おそらく田代か夫の母親なのだろう。代わりが誰もいない美和と同列に語れるわけがなかった。

「奏太君、今日もいい子で寝てくれたみたいですね。羨《うらや》ましいわ」

「薬がよく効いてるみたいです。それであの……智ちゃんは？」

田代の声がやけに心配そうなのは、先ほどまで智也が泣き喚いていたのを知っているからだろう。

彼女の息子の奏太と、美和の息子である智也の病室は少し離れているのだが、智也の病室の近くにはエレベーターがある。外に出るときに前を通り、中から漏れてきた泣き声を聞いたに違いない。

「ようやく」

「よかった……けっこう泣いてたから心配してました」

「もう病院にはうんざりしてるんでしょうね。夜になると特に家に帰りたがって大変なんです。でもこればっかりは……」

「帰りたいのはこっちも同じ、っていうか、こっちのほうが帰りたいですよね」

「ほんとに。――それで、コンビニはなにかいいものがありましたか？」

「ろくなものは残っていませんでした。こんなことなら夫になにか買ってきてもらえばよかった」

「そういえば、夕方にいらっしゃってましたね」

「ええ。仕事で近くに来る予定があったから、足りないものをいくつか持ってきてもらいました。でも、あの人、頼んだものしか持ってこないんですよ」

不満そうに語る彼女の顔を見ていると、ついため息が漏れそうになる。

足りないものを持ってきてくれる人がいるありがたさは、この人にはわからないだろう。それどころか、彼女の夫は仕事の合間を縫って付き添いを代わってくれる。もしも智也の父親と別れていなかったとしても、彼が病院に泊まり込んでくれたとは思えない。仕事を理由にすべてを美和に押しつけたはずだ。美和にしてみれば、田代の夫は羨《うらや》ましすぎるほどいい夫、いい父親で、たとえ話を合わせるためだけであっても頷く気にはなれなかった。

「頼んだものを持ってきてくれるだけでもありがたいじゃないですか」

「そりゃそうですけど、もうちょっと私の食事とか気にしてくれてもいいじゃないですか。私なんて、夫が泊まり込むときはデパ地下とかでお弁当を買って持たせてるんですよ。それなのにこっちはコンビニ。しかもろくなものは残ってない。仕方がないから冷凍パスタを買ってきました」

そう言うと、田代は手に持っていたエコバッグを少し上げてみせた。冷凍パスタだけにしては膨らんでいるから飲み物やおやつも買ってきたのだろう。

「ああ、冷食……。談話室の電子レンジが使えますものね」

「はい。有名パスタ店とのコラボ商品がありました。SNS情報によると、トマトソースのやつがおすすめだそうです」

「そうなんですか。じゃあ、探してみます」

曖昧《あいまい》な笑みを返し、美和はまた歩き始める。

パスタは苦手じゃないが、トマトソースはそれほど好きではない。クリーム系のパスタは胃が受け付けてくれそうにないし、トマトもクリームも使わないあっさり系のパスタはガーリックが使われていることが多い。温めると匂いが広がってしまうに違いないから、談話室の電子レンジを使うのは気がひけた。

同じ冷食でも、もう少し軽めのものがよさそうだ。軽めの食事で、温めてもそれほど匂いが出ないものなんてあるのだろうか……と思いながらコンビニに向かう。息子の智也が入院してから五日、毎日のように通っているコンビニは夜間外来入り口から歩いて三分ほどのところにあり、どれほど遅い時刻であろうと美和を温かく迎えてくれる。赤と緑の看板を見る度に少しほっとした気持ちになるのは、コンビニが日常生活の象徴のようなものだからだろう。

深夜に病院を出てコンビニに行く。その間だけが、普段とかけ離れた生活を送っている美和が日常に戻れる時間だった。

コンビニに入ったところに買い物カゴが置かれていて、持つかどうか一瞬迷う。

できれば田代のようにいろいろ買いたいけれど、懐《ふところ》に余裕がない。しかもこれはいつものことで、今後も改善の見込みは薄い。医療費そのものは助成でなんとかなるが、食事やベッド差額、細かいものでは薬の容器代も自己負担となるし、長引けば長引くほど支払いが増えていく。コンビニであれこれ買い込むゆとりなどない。

一回分の食事に買い物カゴはいらないと判断し、そのまま弁当や総菜が並ぶ一角に進む。ついさっき田代はろくなものは残っていなかったと言っていたが、それは彼女の好みじゃなかっただけかもしれないし、彼女が買い物をした直後に商品が入荷したかもしれない。

だが、薄い期待を抱きつつ行ってみた売場には、おにぎりが二つ三つと大盛の牛丼と中華丼、あとはレトルト総菜が並んでいるだけだった。

——おにぎりはビビンバとエビマヨネーズか……ちょっと気分じゃないわね。鮭は人気だから無理にしても、せめて梅干しか昆布が残っていればよかったのに……

最悪おにぎりでいいやと思っていたのに、そのおにぎりですらこの有様。これでは田代が冷凍パスタに手を伸ばしたのも無理はない。

ため息とともに、お弁当と総菜の売場を離れる。もともとそれほどお腹が空いていたわけでもなく、なにか食べなければという義務感のようなものから買い物に来ただけなのだ。

冷凍食品のケースを覗いてみても食指が動くものはひとつもなく、田代が言っていた『有名パス夕店とのコラボ商品』シリーズにはガーリックが使われていないものもあったが、冷食とは思えない値段が付いていた。

やむなく美和はカップ味噌汁をひとつだけ手に取ってレジに向かう。野菜がたっぷり入っているようだし、味噌汁は温かくて身体に優しい。なにより、カップ味噌汁は保存がきく。病室に戻っても食べたくなければそのまま置いておけばいいのだ。

二百円にも満たない支払いを終え、美和はコンビニの外に出た。

冷たい空気に首をすくめ、来た道を戻ろうとしたとき、なにかに呼ばれたような気がして向かいのビルに目を向ける。

狭い入り口の脇にスポットライトに照らされた看板があり、一番上に『ポラリス』という文字が記されていた。

そう大きな看板ではない。横幅は四十センチ、縦の長さも八十センチぐらいだろうか。折りたたみ式の黒板タイプだから、看板というよりもメニューボードというべきかもしれない。しかも、使われているのは白と黄色のみで、色とりどりのチョークで描かれる黒板アートとは対極にある。

ぶっきらぼうに路面に置かれているだけだから遠くからでは見つけづらいし、近づきすぎたら低くて視界に入らない。ボードの一番下には『木曜定休』と書かれているから、それ以外の日はずっと置かれていたはずなのに、今まで気づかなかったのはそのせいだろう。

総じて、スポットライトに照らされているのが不思議に思えるほど『人目につかない』ことを狙っているような看板だった。

——ここってお酒を出す店なのかしら……

さっき見たコンビニの時計の針は、午後十一時半を指していた。この時刻に営業しているのだからきっとお酒を扱う店なのだろう。ビル自体があまり大きくないから、ワンフロア全部を使っているとしてもそう広くはない。従業員はせいぜいふたり、もしかしたらひとりでやっているスナックなのかもしれない。

いつもなら目も留めない看板が、今夜はやけに気になる。それはきっと、黒板のイラストのせいだ。コーヒーとも紅茶ともわからない、子どもの悪戯《いたずら》描きのようなカップイラストにどうしようもなく惹きつけられる。おそらく三本の曲線で表された湯気に誘われているのだろう。

——こんな絵があるってことは、飲み物を出しているのよね？　一杯だけなら……

今日の智也は、ひどく泣き喚きはしたものの、泣きやんだあとはかなり落ち着いていた。泣くことでストレスを発散したのかもしれない。看護師さんには買い物をしてくると伝えてあるし、コーヒーを飲む時間ぐらいはあるだろう。

別段、コーヒーが飲みたいわけじゃない。それにコーヒーならコンビニでだって買える。今時はコンビニのコーヒーだってかなり美味しくなったし、なんなら談話室の自動販売機でだって挽き立てのコーヒーを買うことができる。それでもこの店に入りたいと思ったのは、『誰かが自分のために淹《い》れてくれた飲み物』を欲しているからだろう。

離婚した夫はコーヒーが大好きで、家でも頻繁に淹れていた。しかもインスタントや袋詰めの粉ではなく豆から挽いて、である。家事にも育児にも協力的ではなかった夫が、唯一美和のためにしてくれていたのがコーヒーを淹れることだったのに、そのコーヒーすら、別れてからは自分で淹れるしかなくなった。

本当は誰かが作ってくれた食事を取りたい。だが、こんな深夜ではそれを望むことはできない。せめて飲み物だけでも……と思ってしまったのだ。

夕食をカップ味噌汁だけで済ませるのなら、コーヒー代ぐらいなんとかなるはずだ。高級ホテルのラウンジほどの値段じゃありませんように……と祈るような気持ちで、美和は看板に向かって歩き出した。

ビルに入り、壁に貼られた案内板を見る。三階に『ポラリス』という名前があったので、細い階段を上がっていくと、廊下の突き当たりに古めかしい木のドアがあった。明かりがついているのはそこだけだから、あれが『ポラリス』に違いない。

路面店でもなく看板も地味、階段の上がり口に案内を出しているわけでもない。これで商売が成り立つなんて信じられないと思いつつ、木のドアを引く。

カラン……というカフェのドアによく付いているカウベルのような音のあと、元気な女性の声が響いた。

「いらっしゃいませ！　カウンターへどうぞ！」

カウンターへどうぞと言われても、ほかに席なんてない。店の中は思った以上に狭く、カウンターの後ろは壁になっている。そのカウンターすら椅子の数は五つしかない上に、入り口に一番近い席のすぐ隣にはレジが置かれていて、雑誌やノートも積まれている。よほどのことがない限り使われることはないだろう。実質席数は四つ、そのどこにも客の姿はなかった。

短時間しかいないにしてもやはり落ち着けるのは壁際だろう、と考えた美和は一番奥の席に座った。エコバッグをどこに置こうかと迷っているとまた女性が声をかけてくる。

「荷物は足下のカゴに入れちゃって…… くださいね！」

「あ、はい……」

店内はあまり明るくないから気づかなかったが、確かに足下にカゴがあった。ホームセンターで売られているようなカラーバスケットで、かなり大きい。これならいつも持ち歩いているマミーバッグでも余裕で収まるな……と思いながらカップ味噌汁が入ったエコバッグを入れ、カウンターの中の女性に目を向けた。

なんだかやけに堂々としているし、こんな小さな店で人を雇っていたら経営が成り立たない気がするから、おそらく店主だろう。

年齢は二十代後半からせいぜい三十代半ば、四十には届いていないはずだ。

髪はベリーショートに近くて、明るい茶色。おそらくカラーリングだろうとは思うが、ものすごく色白だからもしかしたら地毛かもしれない。身体全体の色素が薄い人にありがちな色だった。

店主らしき女性は、グラスに水を注ぎながら「今日も寒いですね」とか、「これだけ冷えてるんだから明日はいいお天気になるでしょうね」とか話しかけてくる。

美和の偏見かもしれないが、カフェの店主は寡黙《かもく》で客にも静かに過ごしてほしいと願うタイプと、人懐こくて積極的に客と関わりたがるタイプに二分される気がする。絶え間なく話しかけてくることから見ても、この店主は後者に違いない。

スムーズに水のグラスが出てきたから、バーやスナックといった酒がメインの店でもなさそうだ。

注文を決めなければ、と周りを見回すが、カウンターの上にメニューはないし、壁にも貼られていない。きっと出し忘れたのだろう、と声をかけようとすると、店主が流しの下から小さな片手鍋を取り出した。

「春雨《はるさめ》スープなんてどう……でしょう？」

「え……？」

「ご飯、まだ……ですよね？」

「あ、はい……」

「コンビニに行っても食べたいものはなかった。めちゃくちゃお腹が空いてるわけでもないけど、このまま寝るのはちょっとって感じ……ですよね？」

最後に『ですよね？』と付け足した店主に、美和はとうとう笑い出してしまった。彼女はずっと、いったん話をやめてから一言足すという不自然な話し方をしていた。これは少しでも丁寧に聞こえるようにと考えてのことなのだろう。普段はもっと分け隔てない口調で話しているに違いない。

相手は客だし、年上かもしれないから極力丁寧に話さなければ、と思いつつも、つい普段の調子になってしまって慌てて言葉を加える。なんとも憎めない店主だった。

「無理に丁寧に話さなくてもいいですよ。私は気にしませんから」

クスクス笑う美和に、店主はほっとしたように言う。

「よかった……。私、いつも叱られちゃって……」

「叱られる？　ご両親とかにですか？」

もしかしたらこの店は親から譲り受けたのかもしれない。引退した親がときどき様子を見に来て、至らない我が子を叱る、というのはよくある話だ。譲り受けたのであれば、店主の若さにも頷けた。

だが、店主の答えは美和の予想とは異なるものだった。

「友だち。ここにもときどき来てくれるんだけど、お客さんにそんなに馴れ馴れしくしちゃ駄目、失礼なのはもちろん、危ない。夜中の営業なんだから、つけいる隙を作っちゃ駄目だって。こーんなに目をつり上げて」

話しながら店主は、両手の人差し指で目尻を引っ張り上げる。それでも口元はしっかりほころんでいて、友だちとの仲の良さが伝わってきた。

「心配してくれてるんですよ。いいお友だちじゃないですか。それに、フランクな口調がいいってお客さんもいらっしゃるでしょう？」

「そうなの。その友だちが来たあと、丁寧な言葉遣いにしなきゃって頑張ってみてもお馴染みさんに笑われちゃう。らしくないから無理するな、『タメグチ』でいいって……」

「無理はよくありません。私自身はずっとこんな話し方ですけど、合わせなくていいです」

美和が普段話すのは仕事関係か、保育園や病院関係の人ばかりだ。しかも『ママ友』と呼べるほど親しい人もいない。自ずと会話は丁寧な口調となり、もはや友だち口調で話すこと自体、美和には難しくなっていた。それでも、この店主には言葉遣いなど気にせずに好きなように話してほしい。

初めて会ったのにそんなことを考えたことが、美和はちょっと不思議だった。

「ただ、みんながみんな私みたいに思うとは限らないので、初見のお客さんにはやっぱりちょっと気をつけたほうがいいかもしれません」

店主が嬉しそうに頷きながら言う。

「そりゃもうお客さんはご自由に話してちょうだい。あと、ほかの客さんには気をつける、ってことで、中華風のスープに春雨《はるさめ》と鶏肉の団子、野菜もたっぷり入った春雨スープはいかが？」

春雨と鶏団子が入った中華野菜スープが目に浮かんだ。胃がぎゅっと縮むような感覚とともに『ぐーっ』という音を立てる。気のおけない会話とスープの説明で、行方不明だった食欲が戻ってきたのだろう。

「ここ、食事もできるんですか？」

「食事ができる店よ。飲み物もあるし、呑みたい人にはお酒も出すけどちょっとだけ。もっぱら晩ご飯を食べ損ねた人のためのお店。少なくともカップ味噌汁よりはいいかな」

そう言いながら、店主はコンロの上にあった鍋から小鍋にひとり分のスープを移す。まだ注文していないのに……と思ったが、琥珀色《こはくいろ》のスープを見たとたん、頼まないという選択肢が消えた。

食事をしていないことがなぜわかったのだろう。それだけならまだしも、カップ味噌汁を飲もうとしていたことまで……。まさか顔に書いてあったわけじゃないだろうに、と首を傾げながら、店主の動きを見守る。

小鍋のスープが温まったのを見計らって春雨を入れる。いくら春雨でもあまり多いと食べきれないな、と思っていたが、彼女が掴んだのはほんの少し、さほど空腹を感じていない美和でももうちょっと多くてもいいいな、と思う量だ。そして彼女はちらっと美和を見て冷蔵庫を開けた。

なにか足すのかなと思っていると、出てきたのは目に染みるような緑色のニラだった。束になったニラから二本、小首を傾げてもう一本抜いてザバザバと洗う。もともと入れる予定ならもう少し支度がしてありそうだから、これは予定外の食材なのだろう。

春雨はもう柔らかく煮えたころだ。三本のニラをまとめて二センチほどの長さに刻んだあと、クツクツと煮えているスープに投入。お玉でくるりくるりとかきまぜて、店主は火を止めた。

「はい、お待たせ！　鶏団子と春雨のスープでーす！」

火を通したことでさらにニラの緑色が冴えている。早速食べてみると煮えすぎることもなく、シャキシャキした歯触りが心地いい。反対に人参や白菜は噛む必要がないほど柔らかく、野菜そのものの甘みを感じる。なにより素晴らしいのは鶏団子だ。ずっと火にかけられていたはずなのに、型崩れしていないし脂《あぶら》も抜けきっていない。きっと胸肉と腿肉の挽肉を合わせて使っているのだろう。

有名焼き鳥店のつくねのような味わいが淡泊になりがちなスープに膨らみを持たせていた。さらにこのスープは舌だけでなく目も楽しませてくれる。ニラの緑、人参のオレンジ、そして白菜や鶏団子の白……こんな色の国旗があったはずだと思っていると、店主が話しかけてきた。

「コートジボワールって国を知ってる？」

「聞いたことはあります」

「アイルランドは？」

「知ってます。イギリスの隣の国ですよね？」

「そうそう。じゃあ、コートジボワールとアイルランドの国旗が同じ色を使ってることは？」

「え……？」

ついさっき、こんな色の国旗があったはずだと思っていたところに国旗の話題が出てきて驚いた。おそらく美和が無意識に口に出していたのだろう。

美和はシングルマザーなので家では話し相手がいない。正確には智也がいるのだが、彼との会話が成り立つようになったのはここ二年ほどのことで、それまでは一方的に話しかけるだけだった。そのせいか美和はひとり言が多い。おそらく今も自分では気づかないうちに考えを口に出していたようだ。

「緑、オレンジ、白の縦縞。一番左が緑なのがアイルランドで、オレンジがコートジボワール」

「へえ……もしかしてこのスープはどっちかの国旗を意識して作ったんですか？」

「結果としてそうなっただけ。で、あなたはこのスープ、どっちの国の国旗だと思う？」

スープは中深皿に入っている。出されたとき、ニラと人参と鶏団子がどこか一箇所でも国旗のように並べられていたのだろうか。あまりにも美味しそうで、じっくり見る間もなく食べ始めてしまったけれど……

答えに困る美和に、店主はふふっと笑って言う。

「直感でいいから、どっちか選んでみて」

「じゃあ、コートジボワール」

なぜコートジボワールを選んだのか、自分でもわからない。コートジボワールなんてせいぜいサッカーで名前を聞いたぐらいで、アフリカのどこかにある国だという認識しかない。それなのに、反射的に答えが口から飛び出していったのだ。

店主は軽く目を見張ったあと、なぜか満足そうに頷いた。

「いいね！　どっちの国も白は調和だけど、コートジボワールの国旗の緑は希望、オレンジは情熱を意味してるらしいよ」

「希望と情熱……じゃあアイルランドは？」

「アイルランドの国旗の緑はカトリック教徒のケルト系住民、オレンジはプロテスタント教徒のイングランド系住民、白は調和と協調、信教が異なる人たちが仲良く暮らしていけるようにって願いが込められてるんだって」

「同じ色でも意味が違うんですね」

「面白いよね。そして、コートジボワールを選んだあなたには希望と情熱があるってこと」

「そうなんでしょうか……」

今の自分には希望はもちろん、情熱の欠片《かけら》すらない。あるのは疲労と不安だけだ。

智也のためにももっと頑張らなければと思うけれど、自分を鼓舞する力すら残っていない気がする。それでも店主はにっこり笑って続けた。

「見えないものがないとは限らない。ただ、あなたがいる場所から見えないだけで希望も情熱もちゃんとある。だって、あなたは希望と情熱の旗を選んだんだもの」

屁理屈《へりくつ》だと思った。今の美和は見えないものを探し求めるゆとりはない。目に入らなければないも同然だった。不満そうな美和に気づいたのか、店主がまた笑って言う。

「希望や情熱に形なんてない。夢だって同じ。こんな希望あります、こんな夢を見てます、って語ることはできるけど、それが本当にあるかどうかなんて他人……ううん、本人にだって確証は持てない。それなら、あるって信じたほうがお得じゃない？」

「そうかも……」

同じ希望や夢でも、語る人によって現実味があったり絵空事だと思われたりする。今の自分に希望はまったく見えず、夢なんて語ることすらできない。なにせ、自信たっぷりに語る店主に反論する力すらなく曖昧《あいまい》に頷いてしまうほどなのだ。

一生懸命目を凝《こ》らせば、どこかに明かりが見えるのだろうか。そうであってほしい、と思いつつまたスープを掬《すく》う。皿の底まで突っ込んだせいか、持ち上げたレンゲにはたくさんの春雨《はるさめ》が絡んでいて始末に困る。どうしよう……と思っていると、目の前に箸が置かれた。

「忘れてた！　これ、使って」

普段ならフォークやスプーンは大小、ナイフや箸まで入れたカトラリーボックスをセットして自由に使ってもらっているが、今回は春雨スープだけだったので出し忘れてしまったと店主は説明した。

「ありがとうございます」

レンゲを左手に持ち替え、箸で掬った春雨からたれるスープを受け止めつつ口に運ぶ。入れたときはほんのちょっとに見えたのにこんなに膨らむんだ……と思っていると、店主の声がした。

「けっこうたくさん入っているでしょ？」

とりあえず、口に入れた分をよく噛んで呑み込む。

こんなに話しかけられたら食べる暇がない。さっさと食べて戻らなければと思うけれど、保育園の先生や保護者ではない人と話すのは久しぶりだし、目を輝かせて話しかけてくる店主を無視することはできない。なによりいきなり言葉遣いの相談を受けた上に、旗を思い浮かべたら旗の話、春雨のことを考えたら春雨の話、と絶妙のタイミングで話しかけられ、俄然《がぜん》店主に興味が湧いてきたのだ。

「本当、春雨ってこんなに膨らむんですね。家では使わないから知りませんでした」

「水を吸うとびっくりするほど増えちゃう。スープに紛れて見えなくなることもあるけど、ちゃんとそこにあるのよ。ちょっと希望と似てない？」

「似ているんでしょうか……」

「周り中は敵だらけ、助けてくれる人は誰もいなくてお先真っ暗に思えても、どこかにきっと希望はある。今はただ見えないだけ」

「見えなければないのと同じじゃないかしら……」

「あるのとないのとでは大違いよ。希望や夢はとってもかくれんぼ上手。なかなか見つからないことも多いし、見つけたと思ってもよそ見をしてたらすぐに見失う。でも、消えちゃったわけじゃないの」

店主はきっぱりと言い切った。せいぜい美和と同年配、もしかしたら少し下かもしれないのになんという自信に満ちた態度だろう。ファンタジー小説ではないけれど、人間何回目？　と訊ねたくなるほどだった。

「本当にそうだったらどれほどいいか……」

とてもそこまで前向きにはなれない、とため息をつく美和に、店主はひどく優しい眼差しで訊ねた。

「ご家族が入院中なんだよね。たぶん……小さい子？」

「はい……五歳の息子が。どうしてわかりました？」

「病院を除けば、このあたりにあるのはコンビニか居酒屋ぐらいでしょ？　この時間にお財布とエコバッグだけを持って出歩くのは、ほとんどが付き添いの人。この時間まで買い物すらできないのなら、つきっきりじゃないとぐずり出すぐらい小さい子。やっと寝てくれたから買い物に来た、ってところかなと……」

「そのとおりです」

「入院は長いの？　あ、答えたくなければ……」

分け隔てないのは口調だけで、プライバシーに踏み込んではいけないことは心得ているらしい。

否応なく根掘り葉掘り聞かれるのは嫌だけれど、こんなふうに選択の余地を残されると逆に話したくなるのは不思議だ。きっと自分の中に、誰かに頼りたい、それが叶わなければせめて聞いてほしいという気持ちがあったのだろう。

早く戻ったほうがいいことぐらいわかっている。でも、せめてスープがなくなるまで、と自分を許し、美和は口を開いた。

「今日で五日になります」

「まだ続きそう？」

「わかりません。……でももしかしたら長引くかも」

「五歳って言ってたよね。ある程度大人の話もわかってる感じか……。それだと、かえって大変だね」

「そうなんです。親馬鹿を承知で言えば、うちの子はけっこうしっかりしてるんです。私がそうさせちゃったところがありますけど」

保育園に通うと、幼稚園よりも身の回りのことができるようになるのが早いと聞いたことがある。美和自身は個性の問題ではないかと思っていたが、保育園のほうが園で過ごす時間が長く、給食やお昼寝もある。保育士の先生方はどうしても小さな子に手を取られがちだから、年が上になればなるほど自分のことは自分で……となるのかもしれない。

ただ、それを割り引いても智也はしっかりしすぎている。ただでさえ着替えや給食用の食器、水筒にタオルなどといった持ち物が多いのに、週末はさらに上履きや寝具が増える。そして週明けにはそれらをすべてまた持っていかなければならず、全部入れたつもりでもなにかが足りないことが多かった。

そんなとき、智也が『お母さん、お昼寝布団のシーツが入ってないよ』とか『お食事セットのフォークが足りないよ』とか言ってくれる。智也に言われなければ、週明けは忘れ物多発になっているに違いない。

同年齢の子を持つお母さんに聞いてみても、親の代わりに忘れ物チェックをしている子はいなかった。あまりにも美和に失敗が多くて、智也がしっかりするしかなかった——つまり美和の責任だ、と自分では思っていた。

だが、美和の話を聞いた店主は首を傾げて言った。

「うーん……それってやっぱり個性のような気もするなあ……。忘れ物をして困るのは息子さん自身だろうし」

「だからこそ、なんですよ。私の忘れ物は今に始まったことじゃありません。息子が赤ん坊のころから、あれこれやらかしては先生方にご迷惑をおかけしてばかり……」

「え、子どものころから忘れ物が多かったの？」

「いいえ……学生時代は忘れ物なんてほとんどしませんでした。ただ今はあまりにも忙しくて手が回りません。やっぱりワンオペは大変で……」

「なるほど……」

美和が口にした『ワンオペ』という言葉の意味を、店主は瞬時に察したらしい。それに触れることなく、美和の前に置いてあったグラスに水を足した。

「じゃあ息子くんはますます頑張っちゃうよね。赤ちゃんのころならまだしも、四歳、五歳になったら忘れ物をしたことぐらいわかるし、お母さんが謝るのも見たくない。自分が気をつければ済む、って思っちゃったとか」

「そうだと思います。家にいても、けっこうお手伝いをしてくれます。保育園でも自分から小さいお子さんたちのお世話をしてるみたいで、先生からもよく褒められるんです」

「おー頼もしい！　それなら病院でもお利口さんなんじゃない？」

「それがうちの子、病院が大の苦手で……」

智也の入院は、夜中の咳から始まった。

明け方近くになるとコンコン……という乾いた咳が始まる。秋から冬に変わるころ、急に寒くなって保育園でも風邪で何人もお休みしていたから、智也もそうだとばかり思っていた。発熱したら保育園には預けられないし、病院にも連れていかなければならない。ちょうど美和は締め切りが重なって動けない時期で、今はちょっと勘弁してほしいと思っていた矢先、保育園から連絡が来た。

智也が救急車で運ばれたというのだ。咳がひどくなってきたからお迎えに来てもらおうと思っていたら、どんどん顔色が悪くなってきた。智也の担任はまだ若く、不安になって経験豊富な先生を呼んだところ、これは一刻を争う事態だとなって救急車が呼ばれたそうだ。

「もしかして、ぜんそく？」

「そうなんです。病院では少し前から咳が続いていたはずだって言われました。ただの風邪だとばかり思ってたのに……」

そのまま入院になって今に至る。

そして智也はいわば『赤ちゃん返り』状態、あの聞き分けのいいしっかり者はどこに行ったの？と訊ねたくなるほど……おそらくそれほど発作は苦しく、入院に対する不安も大きかったのだろう。

「風邪とぜんそくがどう違うかなんてわからないよね。初めてなんだし」

「私が不勉強すぎたんですよね。ぜんそくなんて疑いもしませんでした」

「不幸中の幸いは五歳だったってことかな……。このあたりの地域なら六歳までは医療助成とかあるんでしょ？」

「よくご存じですね」

「夜間外来入り口が近いし、コンビニの真ん前ってこともあって病院関係の人がけっこう来てくれるの」

夜勤明けやこれから勤務に就く医療関係者が立ち寄ってくれる。大抵みんなひとりでやってくるから、いろいろな話をしてくれるのだと店主は言う。そして、慌てたように付け加えた。

「もちろん、患者さんの個人情報に関することなんて言わないよ。私が医療制度とか行政のことを全然知らないから、呆れて教えてくれるだけ。でも、長引くと付き添うほうも大変だよね」

「そうなんです。最初は入院して動揺してるだけで、すぐに聞き分けのいいあの子に戻ってくれると思っていたんですけど、全然……」

「入院して治療が続いているんじゃ、そう簡単にはいかないよ。活発な男の子なら一日中ベッドにいろって言われるだけでも苦痛だよね。ましてや初めての入院でしょ？」

「とにかく帰りたがって大変でした。『でした』っていうより現在進行形ですね。それに、ちょっとでも私の姿が見えないと泣いたり喚いたり……」

「じゃあ食事もままならないね」

「ええ……交替してくれる人がいる方が羨《うらや》ましいです。せめて近くに親でもいれば……」

店主がわずかに目を細めた。実家が遠いことが伝わり、美和が言った『ワンオペ』により現実味が増したのだろう。

「大変そう……あ、でも治療は順調なんだよね？」

「それが……先生方が思うようりうまくいってないみたいで。明日、入院を延ばすかどうかの判断をするそうです。一週間だって大変なのに」

店主の眼差しがさらに痛ましそうになる。けれど、しばらく宙を見つめていたかと思った次の瞬間、彼女はぱっと笑顔を咲かせた。

「大丈夫、最初の予定どおりに家に帰れるよ」

「本当に？」

「きっと。だって明日は大安だもの」

「大安……？」

大安はすべての人に平等にやってくる。同じ日であっても、運のいいことが起こる人もいればその逆だってあるだろう。無責任に言い切らないでよ、と腹が立ちかけた。

けれど、さっきまでの彼女の発言を考えれば、今の流れは当然だ。見えなくても希望はある。だから大丈夫。たとえそうではなかったとしても、結果が出るまでは思いわずらうよりも大丈夫だと信じているほうがいい——店主はきっとそう言いたいに違いない。

　この店主は、人生をとても楽しんでいるように見える。こんなに小さな店で看板だってあんなに目立たないのに立ちゆくと思っているところからして、かなり楽観的な性格なのだろう。あらゆることを前向きにとらえていれば、こんなふうになれるのかもしれない。だったら、今夜だけでもいい結果が出ると信じてみようか……

　そう思いつつスープ皿に目を落とす。店主とやり取りしている間にも食事は進み、スープ皿はすっかり空になっている。お腹はほどよく満ちて、身体も温まった。気持ちもほんの少しだけ前向きになった。もうすぐ日付が変わりそうだし、ここらが潮時だろう。

「ごちそうさまでした」

　そういえば値段も確かめずに頼んでしまった。支払いはいくらになるのだろう、と思いながら財布を取り出す。

　驚いたことに、店主が告げたのはカフェチェーン店のコーヒーにいくつかトッピングを加えたぐらいの金額だった。

　さすがに安すぎる。なにかの間違いでは、と訊ねると、彼女は肩をすくめて言った。

「いいの。それ、本当は売るつもりじゃなかったから」

「どういうことですか？」

「もともとうちのメニューは和食セットと洋食セットの二種類だけ。汁物をつけることはあるけど、ここまでボリュームたっぷりのスープは出さない。これは私の賄《まかな》いよ」

「賄い!?　それなのにどうして……」

「このスープが、今のあなたにぴったりだと思ったから。口に合わなかった？」

「すごく美味しかったです。量もちょうどよかったし」

「ならよかった。じゃあこれおつりね」

数枚の硬貨を渡し、店主は入り口に向かった。向かうといってもほんの二歩で辿り着き、木製のドアに手をかける。ただ、そのまま開けるのかと思いきや、彼女はいきなり声を上げた。

「あ、そうだ！」

そこで踵《きびす》を返し、店主はカウンターの中に入っていく。作り付けの食器棚の引き出しをごそごそやったあと戻ってきた彼女の手には、黒っぽい小袋があった。ちょうどインスタントラーメンに添えられている薬味ぐらいの大きさだ。

「これ、どうぞ」

「なんでしょう？」

「黒七味」

「七味って赤いとばかり思ってました。黒いのもあるんですね……」

「珍しいでしょ？　まぜるときによく揉むので穏やかな辛さだし、青海苔《あおのり》が入ってて風味も抜群。お味噌汁に入れるととっても美味しいの。よかったら使ってみて。外、ますます冷えてきたみたいだから気をつけて」

「ありがとうございます」

「それからこっちは息子さんに」

そう言いながら店主が差し出したのは手のひらにのるぐらいの大きさのパッケージで、美和にも見覚えがあるものだった。

「トレーディングカード……ですか？」

「そう。息子さん、たぶん好きなんじゃないかなって」

「大好きです。お誕生日にスターターセットをプレゼントしたんですけど、あれはトランプみたいに一セットあればいいってものじゃないらしくて……」

「なんだってね。次々新しいシリーズが出てくるみたい。追っかけ出すときりがないって聞いたわ」

子どもばかりではなく大人も熱中しているトレーディングカードゲーム用のカードパックは、一袋三百円にも満たない金額で買える。だが、その三百円をおもちゃにかける余裕がない。智也も美和の懐《ふところ》事情が豊かではないことを察しているらしく、誕生日プレゼントをもらったあと、それ以上にねだることはなかった。ただ、ときどきスーパーやコンビニで売られているのをじっと見ている。欲しいとも言えずに我慢している息子を見るたび、切なさと不甲斐なさが募っていたのだ。

店主は、美和の気持ちを察したようにカードパックをエコバッグの中に落とした。

「じゃあ、これ息子さんにあげて」

「いいんですか？」

「いいの。だってそれ、景品でもらったやつだもの。私はトレカの趣味はないし、パックひとつだけあったって仕方ないし。欲しがってる子にあげるのが一番」

「ありがとうございます！」

「そんなに喜んでくれて、私も嬉しいわ。気が向いたらまた寄ってね」

「あの……こちら、何時までやってるんですか？」

「朝まで」

「え!?」

「夜の十時から朝の六時までがうちの営業時間なの」

「そうなんですか……じゃあもっと遅い時間でも大丈夫なんですね」

「もちろん。晩ご飯を食べ損ねた人のため、って言ったでしょう？　次は賄《まかな》いじゃなくてちゃんとしたご飯を食べに来てくれると嬉しいわ」

店主の言葉に軽い会釈《えしゃく》を返し、美和は店を出た。

カラン……というベルの音に送られ、狭い階段を下りる。外に出てもそれほど寒さを感じないのは、お腹の中からしっかり温まったからに違いない。

次の機会があるかどうかわからない。ただ、またここに来て、洋食でも和食でもいいからセットを食べたいという気持ちになったことだけは確かだった。


それから三日後の夜、美和はまた狭い階段を上がっていた。

今日はコンビニには行かず、最初から『ポラリス』を目指してやってきた。時刻は午後十時になるかならないか、前よりも一時間以上早い時刻である。

さらに前とは違って手にはなにも持っていない。ポシェット型のスマホケースを斜めがけにし、財布をポケットに突っ込んでやってきた。冬は寒さが辛いけれど、コートが着られて便利だ。コートの大きなポケットは、レシートで膨らみがちな美和の財布をすっぽり収めてくれる。ひとりでなにもかも抱えなければならない美和にとって、たとえ短くても手ぶらで歩ける時間は貴重だった。

カランコロン……というベルに迎えられ、美和は小さなカフェのドアをくぐる。

三日前とまったく同じ強さ、同じ調子の店主の声が聞こえてきた。

「いらっしゃいませ！　カウンターへどうぞ！」

前に来たときはエコバッグを持っていたが、今回は手ぶらだ。足下のカゴを使うこともなく、前と同じ席に腰掛ける。

　水のグラスを出しながら、店主が話しかけてきた。

「息子くん、今日はすんなり寝てくれたみたいね？」

「あ……」

「そんなにびっくりした顔しないで。三日前に来てくれたばかりなんだから、覚えてるわよ」

「そうですか……。実は、お訊ねしたいことが……あ、でも、注文を先にしたほうがいいですね」

「そのほうが作りながら話せて、息子くんのところに早く戻れるかな」

「じゃあ……」

　そこで美和はちょっと考える。前に来たときに、この店の食事メニューは和食セットと洋食セットの二種類しかないと聞いた。一般的なカフェであれば、どこかにセットの内容が書いてありそうなものだが、建物の入り口の看板はもちろん、壁にも貼り出されていないし、メニューも置かれていない。

　なにを基準に『和』と『洋』を選べばいいのかわからず戸惑っていると、店主がきっぱり言った。

「今日は洋食セットがおすすめ。いろいろ盛り合わせてあってお皿の上がすごく賑やかだから、お祝い気分にぴったり」

「お祝い気分って……」

「退院が決まったんだよね？」

「ええ。前回ここに来た翌日の診察では、入院を延ばすかどうか微妙なところ、もうちょっと様子を見ましょうってことになったんですけど、そのあとぐんぐんよくなって、明日の午後、退院できることになりました」

「やっぱり。前に来たときよりも表情が明るいし、階段を上がってくる足音もすごく軽く聞こえたもの」

美和は思わずドアに目をやった。

古びているが厚みは相当あるし、造りもしっかりしているように見える。てっきり一枚板かと思っていたが、階段を上がってくる足音が店主に聞こえるとしたら中は空洞かもしれない。それなのにこんなに重々しく見えるなんて、うまく作ったものだ。

ところが、感心している美和に、店主はクスクス笑いながら答えた。

「私、耳には自信があるの。それに、この建物って、昼間は出入りが多いんだけど、夜になると階段を上がってくるのはうちに来るお客さんだけ。だから今みたいにお客さんが誰もいないときは、ついつい耳を澄ませちゃう。誰か上がってこないかなーって」

お馴染みさんなら、足音だけでわかるぐらいだと店主は笑う。耳がいいとか悪いとかのレベルじゃない、とは思ったが、耳の聞こえ具合よりも訊きたいことがある。店主はすでに『洋食セット』の支度を始めているし、さっさと話を進めるべきだろう。

ちょうどそのタイミングで、店主が訊ねてきた。

「黒七味、食べてみてくれた？」

「もちろん。とっても美味しかったです」

春雨《はるさめ》スープを飲んで帰った翌日、智也の朝食を済ませたあと、美和はロッカーに入れっぱなしにしていたエコバッグを取り出した。いつもなら朝ご飯はパンかおにぎりを買って食べるのだが、昨夜遅かったせいか寝過ごしてしまった。もうすぐ診察なので売店に行く暇がない、せめて味噌汁だけでもと思ったのだ。

ちなみにトレーディングカードはまだ智也に渡していなかった。診察のあとにしよう、もしも退院が延びても少しは慰《なぐさ》めになるだろう、と考えていたからだ。うっかり一緒に出てきて見つからないように、カップ味噌汁だけをそっと取り出すと、上に黒七味の袋がのっていた。

味噌汁にもよく合うと言っていたな、と思い出しつつ、小袋の口を切って味噌汁のカップに入れる。黒七味がどんな味なのか知りたいし、袋は小さいからどこかに紛れてしまいかねない。忘れないうちに食べてしまったほうがいいと思ったのだ。

初めて食べた黒七味はすっかり美和を魅了した。美和だけではなく、智也をも……

カップ味噌汁を食べる姿なんて何度も見ているだろうに、その日に限って智也が訊ねた。

「お母さん、それなあに？」

「なにって……お味噌汁よ？」

「じゃなくて、なにか入れたでしょ？」

「ああこれ、七味よ。辛いやつ」

「七味ってそんな色だっけ？　赤いんじゃなかった？」

「黒いのもあるんだって。珍しいよね」

「ふーん……美味しい？」

「うん。風味がいいし、なんか赤いのより優しい感じ」

「僕も食べてみたい」

「え……大丈夫？」

赤よりも刺激が少ないとはいっても七味は七味だ。五歳の子どもに食べられるだろうかと心配になったが、身体に悪いものではないし少しぐらいなら平気だろう。なにより、智也は普段から味噌汁を好まない。家で作っても『ちょっとにして』と頼んでくるし、病院でもいやいや飲んでいる。

智也が味噌汁を自分から飲みたがるなんて、ひどく珍しいことだった。

辛いかもしれないから少しずつにしなさい、と言いながら味噌汁のカップを渡す。受け取って飲んでみた智也が、目を丸くして言った。

「たこ焼きの味がする！」

「たこ焼き？　ああ、青海苔《あおのり》ね」

「それにちょっとだけ辛くて美味しい！」

「気に入ったのなら、もっと飲んでいいわよ」

「でもこれ、お母さんの朝ご飯だし……」

　朝ご飯が味噌汁だけしかないことに気づいたのか、智也はカップ味噌汁を返そうとしてくる。どうせ味噌汁だけでは足りないのだから、一口二口減ったところで同じことだ。診察が終わってから売店に行くからいい、と答える美和に、智也は嬉しそうに笑った。

「じゃあ、もうちょっとだけ。お味噌汁は好きじゃなかったけど、この七味を入れるとこんなに美味しいんだね」

　診察があるとわかっていたため、智也は昨日からずっと機嫌が悪かった。それが、黒七味のおかげか、泣くこともなく診察を受けた。入院の延長が決まったわけではなく様子見、さらにトレーディングカードをもらって大喜びし、その後は美和を困らせることがぐっと減ったのである。

「黒七味で機嫌がよくなって、診察後はトレーディングカードで大喜び。本当にありがたかったです」

「お役に立ててなにより。トレカも気に入ってくれてよかったわ」

「気に入ったどころか……」

　診察が終わったあと、お利口さんだったねとカードパックを渡したとたん目の色が変わった。入院が延びるかもしれないという不安が、一瞬にして意識の外に飛んでいったらしい。

　ところが、カードパックを嬉しそうに眺めていた智也は、しばらくしてはっとしたように訊ねた。

「今朝のお味噌汁、コンビニで買ったやつだよね？　昨日の夜、ちゃんとご飯を食べた？　もしかして、これを買うのに我慢したんじゃ……」

「ばかね。ちゃんと食べたわよ。それに、それは買ったんじゃなくていただいたものなの」

「誰がくれたの？」

「あのね……」

　そこで美和は、『ポラリス』について話した。深夜にひとりでカフェに行ったことで文句を言われるかと思いきや、智也はほっとしたように答えた。

「よかった……お母さん、僕が入院してからずっと野菜が食べたいって言ってたもんね」

　家でならなんとかやりくりして野菜を食卓にのせることはできる。だが、外食や中食は割高になるため副食、とりわけ野菜がおろそかになりがちだ。コンビニのサラダすら買えず、ため息まじりに野菜ジュースを飲む姿を見ていたのだろう。

「そうね。久しぶりにお野菜がたくさん食べられて嬉しかったわ」

「僕もカードをもらえたし！　ね、これ開けていい？」

「もちろん」

智也はすぐさまパックを開け、カードを一枚一枚じっくり見ていく。頷いたり眉を顰《ひそ》めたりしつつ捲《めく》り続け、最後の一枚で大声を上げた。

「うっわー！　レアカードだ！　お母さん！　これ六百枚に二、三枚しか出ないやつだよ！」

金色に輝くカードを手にした智也は大興奮で、美和にカードを見せてくる。また発作を起こすのではないかと心配になったけれど、ゼイゼイもヒューヒューも始まらない。それどころか入院してから一番というぐらい、血色がよくなったのである。

美和の話を聞いた店主が、満足そうに頷いた。

「やっぱりレアカードが入ってたか……」

「やっぱりって？」

「なんとなくそんな気がしてたの。景品でもらった宝くじが一等賞、とかよく聞く話だし」

「そういえばそうですね」

「まあ、喜んでもらえてよかったわ。それにしても、五歳なのに黒七味が好きだなんて『通《つう》』だね。それで訊きたいことって……あ、黒七味がもっと欲しいってこと？」

「はい。できれば買った場所を教えてもらえないかと思って。ネット通販では見つけたんですけど、近くで買えるならそのほうがいいな、と……」

ネット通販で、店主がくれたのと同じ黒七味の小袋を見つけることができた。けれどそれは京都の老舗《しにせ》が作っているもので、送料がかかる。送ってもらうのだから送料がかかるのは当たり前だし、買いに行く交通費よりも安いことは間違いない。それでも、商品そのものより高い送料を見たとたんに、近場で買えるところはないかと考えてしまった。

そのほうがいい、の大部分は取り寄せる手間暇ではなく、『送料がかからない』だった。

美和の気持ちを知ってか知らずか、店主は頷いて答える。

「わかるわかる。私も、まずどこかで売ってないかって探しちゃう。ネット通販は便利だけど、配達を待ってるのがまどろっこしくて。どうにも生活時間帯が合わないっていうか……」

営業時間の関係で、昼夜逆転の生活をしている。宅配便が来るような時刻は寝ていることも多く、眠りを妨げられたくないと店主は説明する。在宅ワークで宅配便など受け取り放題の美和にはまったく無縁の悩みだった。

それでもあえて経済的苦境を口にする必要はない。そうですね、と相槌を打つ美和に、店主はすまなそうに言った。

「でもごめんなさい。このお店の黒七味は京都でしか買えないの。アンテナショップとかに置いてくれればいいんだけど……」

「やっぱりそうなんですか……じゃあ、ネット通販で買うしかないですね」

「そうなっちゃう……あ、でもちょっと待って」

そこで店主は、食器棚の引き出しを開け、小袋がたくさん入ったパッケージを取り出した。

「これ、どうぞ」

「そんなわけにはいきませんって！」

「あげるとは言ってません。お代はちゃんといただくわ」

「でも、それじゃあこちらの分が……」

彼女がネット通販を使ったのか、京都で買ったのかはわからない。いずれにしても目的があって買ったものを横取りするわけにはいかない。

「いいんだって。うちはまだ少し余分があるし」

「でも！」

どうしても受け取ろうとしない美和を困ったように見ていた店主は、はっとした顔になったかと思うとおもむろにスマホを取り出した。そしてものすごい勢いで操作し、送信ボタンらしき場所を勢いよくタップする。ものの一分でポーンという音が鳴った。

返信らしきものを一読した店主は満足そうに頷き、もう一度スマホを操作したあと、美和に黒七味を差し出した。

「もう大丈夫。うちには入荷の目処《めど》が立ったよ！」

「どういうことですか？」

「私の弟、ときどき仕事で京都に行くの。今確かめてみたら、ちょうど明後日《あさって》行くことになってるっていうから、買ってくるように頼んだわ」

「お仕事なのにそんな……」

「七味なんて重いものでもないし、お金だってちゃんと払う。なんなら手間賃もつけて。だから、これは持っていって。ちょっと賞味期限が短いのが申し訳ないけど……」

「そんなの全然……。生ものならともかく、七味の賞味期限なんて気にしたことないし、うちにあるのだってとっくに切れてると思います」

「七味とか一味ってちょっとずつしか使わないから、気がつくと賞味期限を過ぎちゃってるよね。でもこれは小袋だから使い切りができて、缶や瓶に入っているものよりは風味が落ちにくいはず。多少賞味期限が過ぎてもいけそう。お店の人が聞いたら怒るかもしれないけど」

ペロリと舌を出す店主から、美和は今度こそ黒七味の袋を受け取った。

使い切りという言葉で思い出したが、実はあの日、初めて使うこともあって、美和はカップ味噌汁に半分しか黒七味を入れなかった。翌日半分残った黒七味をカップ味噌汁に入れてみたら、智也はまた大喜びで飲んでいたが、美和はほんの少しだけ風味が落ちた気がした。やはり開封したてと同じようにはいかないのだろう。

だが、これからは味噌汁を飲むたびに一袋をふたりで分けられる。味噌汁は身体にいいし、これさえあれば智也も嫌がらずに食べるだろう。もしかしたら『もっと入れて！』なんて言うかもしれない。

まずは支払いを……と美和は財布を取り出した。

「えっと……おいくらですか？」

「じゃ、五百円で」

「え、ネットではもっと高かった……」

「賞味期限が短い分、割り引き」

「でも！」

「いいのいいの。さっきは風味はそんなに飛ばないって言ったけど、さすがにお客さんに賞味期限が切れたものは出せないし、自分が使うには多すぎる。これをあなたが引き取ってくれて、私には新しいものが届く。ウィンウィンじゃない」

本当ならあなたに新しいものを渡してあげたいけれど、退院が明日では間に合わない。退院したあとにここまで取りに来るのは大変だろうから、と店主は言う。

ここまで言ってくれているのに、厚意を受け取らないのはさすがに失礼だろう。

「じゃあ、ありがたく……本当に助かりました。息子も喜びます」

「ずっと我慢して入院してたんだから、ご褒美がなくちゃね。さあ、できた！　こっちはお母さんのご褒美」

私がご褒美って言うのはちょっと違うかしら、と首を傾げつつ、店主は美和の前に皿を置く。

真っ白で大きくて、おしゃれなカフェでよく使われている感じのお皿だった。ただし、のせられているのはハンバーグや海老フライ、唐揚げ、ウインナーにポテトフライ、オムレツといった美和よりも智也が喜びそうなものばかり。サラダはたっぷりのせられているが、それ以外はまるでお子様ランチで、小さく型抜きされたケチャップライスの上にはイタリアの旗まで立てられていた。

「これって……」

「コートジボワールの旗を立てたかったんだけど、さすがになかったので。ケチャップライスってイタリアっぽいし、イタリアの国旗の緑は自由の象徴なんだって」

「自由……退院には相応《ふさわ》しいかも」

「でしょ？　さあ、冷めないうちにどうぞ」

店主に促《うなが》され、フォークを手に取る。

皿の上にはキャロット・ラペものせられている。キャロット・ラペは生の人参を千切りにしてドレッシングで和《あ》える料理で、比較的簡単に作れるし美和の大好物でもある。

以前は自分でも作っていたのだが、このところご無沙汰している。まずはこれから……とフォークで掬《すく》い上げた。

口に入れたとたん、ドレッシングの酸味が広がった。だが、酢と油と塩胡椒《こしょう》をまぜただけで作る美和のドレッシングとは異なり、なんだか酸味がとても柔らかいし、ほのかな甘みまで感じる。

手を止めたまま、人参そのものが甘かったんだろうか、それとも……などと考えていると、店主が声をかけてきた。

「もしかしてキャロット・ラペは苦手？」

「え、どうして？」

「苦手なものから食べちゃおうって人もいるから……」

「とんでもない。キャロット・ラペは大好きで、前は家でもよく作ったんですけど、息子が生野菜全般が苦手みたいで」

「生野菜が苦手な子どもは多いみたいね。特に男の子は。でも加熱したほうがたくさん食べられていいし、大人になったら味覚も変わる。黒七味が好きなら将来有望よ」

「だといいんですけど……それにしてもこのドレッシング、酸味と甘みがちょうどよくて、すごく美味しいですね。これなら息子も食べてくれそう……お砂糖、けっこうたくさん入れてるんですか？」

レシピを明かさない店主は多い。それでも、なんとかドレッシングの秘密が知りたい一心で訊ねた美和に、店主はあっさり答えた。

「お砂糖は使ってないわ。甘いのはオレンジの絞り汁をまぜてるから。あと、クミンパウダーを少し」

「クミンシードじゃなくて？」

「パウダーのほうが全体にまんべんなく馴染むのよ。とかいって、本当は扱いが楽だからだけど」

いちいち煎《い》るのは面倒くさい、と店主は笑う。ドレッシングに砂糖ではなくオレンジの絞り汁を使うほどこだわりが強いのに、クミンシードを煎るのが面倒だなんて不思議な人だ。

まあ、美味しければいいか……と思いながら、美和は食事を再開した。

キャロット・ラペは三口で終了、次は生野菜サラダのキュウリにフォークを刺す。

こちらのドレッシングはキャロット・ラペとはまた別で、醤油ベースでごま油の香り。日本人にはほっとする味わいだった。

野菜ばかり食べている美和に気づいたのか、店主が感心したように言う。

「もしかしてダイエット中？」

「実は……というか万年ダイエット中なんです。もともと太りやすい体質だし、ばたばたしてて食事が深夜になることも多いので」

キャロット・ラペから食べ始めたのには大好物である以上に大きな理由があった。

前よりは早いとはいえ、時刻はすでに午後十時を過ぎている。皿の上の料理はどれもボリュームたっぷりだ。こんなに美味しそうなのだから残すなんて論外だし、お腹はしっかり空いているから残せるはずもない。せめて、野菜から食べることでカロリーの吸収を抑えたかった。

「確かに夜中の飲食は太りやすいよね。あ、でも、うちはほかのお店に比べたらカロリーは控えめだと思うよ」

「そう……なんですか？」

そんなはずはない、と言い返したくなったが、さすがに失礼すぎる。ハンバーグも唐揚げも、海老フライもカロリーの塊だ。どこがローカロリーなのよ、と思っていると、店主が後ろを振り返った。

振り向いた先にあったのは、四角くて黒い家電製品だった。オーブンレンジにしては小さいし、オーブントースターよりは大きい。さっきもなにかを取り出して皿に移していたから、加熱するための器具には違いないが、美和は見たことがないものだった。

「エアフライヤーって知ってる？」

「油を使わないで揚げ物ができるってやつですよね？」

「そうそう。これはエアフライヤーオーブンっていって、エアフライヤーとオーブンを足したものよ。パンやピザ、お肉やお魚、ケーキやクッキーも焼けるし、生地の発酵にも使えるの」

「へえ……便利ですね。小さいし……」

そういえば、コンロの上に油が入った鍋は出ていないし、フライヤーもない。よく考えたら揚げ物なんて出せるはずはないが、エアフライヤーがあるなら話は別、ほかの店よりもローカロリーという主張も頷けた。

「油なしで揚げ物が作れるし、焼き物をしても余分な脂《あぶら》が落ちるからヘルシー。これは小さくて扱いが楽だし、場所も取らない。うちみたいに狭い店にはぴったり」

「油の始末もしなくていいし？」

「それが一番！」

クミンシードを煎《い》るのが面倒なら、揚げ油の始末はもっと嫌だろう。それに、エアフライヤーは一度に作れる量が少ないと聞いたことがある。ここでほかの客を見たことはないけれど、それはたまたまで、客が重なることだってあるはずだ。複数の客の料理、しかも焼き物やデザートまで作るなら、オーブンタイプのほうが便利に違いない。

「海老フライも唐揚げもハンバーグも、これを使ってるわ。揚げ物にはすこし油を噴き付ける必要があるけど、海老フライには米油、唐揚げにはオリーブオイルを使ってるし、ハンバーグも半分はお豆腐。あ、でも……」

そこで店主はちょっとだけ後ろめたそうな顔になった。なにかと思えば、オムレツを指さして言う。

「ごめんね。オムレツだけはバターをたっぷり入れちゃった。これだけは譲れなくて」

店主の気持ちはとてもよくわかる。大きく頷き返し、美和は食事を続ける。

バターたっぷりのオムレツは、冷めかけていたが柔らかくてほどよい塩加減。真ん中にかけられたケチャップの色は、智也が赤ん坊のころに使っていた毛布を思い出させる。

正しくは毛布ではなく膝掛けで、赤くてちょっとだけオレンジ色がまじっていた。足までかけるとすぐに蹴飛ばしてしまうからお腹にだけのせていたのだが、目の前のオムレツは、クリーム色のパジャマの上に赤い毛布をのせていた智也の姿そっくりだった。

あの小さかった智也が、来年には小学校に上がる。行動範囲が広がれば、危険なこともたくさんあるに違いない。どうかもう今回みたいに入院する羽目に陥《おちい》りませんように、と祈らずにいられなかった。

皿の上の料理がなくなりかけたころ、店主が冷蔵庫から金属の型を取り出した。型の縁に沿って竹串を一回りさせ、ガラスの器の上でひっくり返す。出てきたのはオムレツよりもわずかに暗い黄色、フルフルと震えるプリンだった。

目を輝かせた美和に、店主は片目を瞑《つぶ》って答えた。

「オムレツにはバター、お子様ランチにはデザートが必須アイテム。お子様ランチとプリンってお約束だよね」

「プリンは大好きです。家でもときどき買うんですけど、ついつい息子に譲ってしまって……。それに、プリンって案外カロリーが……」

「『お母さんあるある』ね。でも今日は大丈夫、これはあなただけのものだし、カロリーも心配ない。牛乳の代わりに豆乳、お砂糖の代わりに蜂蜜を使ってるの。蜂蜜だとお砂糖ほどたくさん入れなくても甘みが出せるから」

「それなら安心していただけますね。あ……でも……」

そこで美和は店主の手元を見て噴き出しそうになる。カロリーは心配ないと言いながら、彼女が手にしたのはホイップクリームが入った絞り袋だった。

「ほんのちょーっとだけ！　やっぱり飾りがないと寂しいから！」

あたふたと言い訳をしながら店主はプリンのてっぺんにホイップクリームを絞り出し、真ん中にチェリーをひとつのせる。これ以上お子様ランチに相応《ふさわ》しいものはないというプリンの完成だった。

豆乳で作ったプリンは初めてだが、思ったより違和感はない。きっと卵の味が濃厚だからだろう。食べ終わるのがもったいなくて、少しずつ食べようと思っていたのに、手が勝手に動いて止まらない。レトロなガラス皿は、あっという間に空っぽになってしまった。

「美味しかった……」

ため息とともに出た言葉に、店主がにっこり微笑んだ。

「お粗末さま。大人のお子様ランチも案外いいでしょう？」

「大人もなにも、お子様ランチ自体久しぶりでした。近頃、息子すら頼まなくなって……。お子様ランチじゃ足りないそうです」

「活発な男の子ならそうだろうね。なによりお子様ランチを出すお店そのものが減ってるみたいだし」

「そういえば、お子様セットはあっても昔ながらのお子様ランチは見なくなったかも……」

「あれもこれものせようと思うと結構手間がかかるし、盛り付けるだけでも大変だしね」

「そうなんでしょうね。でも、やっぱり昔ながらのお子様ランチがなくなるのは寂しいです」

「なくならないよう頑張るわ。うちの場合、食べるのは大人だけど、大人こそお子様ランチが必要かなって思うし……」

「それってどういう……あ、あのころに戻りたいってことですか？」

「それもあるけど……」

そこで店主はいったん言葉を切り、考えをまとめるように黙ったあと再び話し始めた。

「お子様ランチは責任放棄の象徴みたいな気がするの。お子様ランチって大抵年齢制限があるでしょ？　お子様ランチを許される間はなにもかも大人が引き受けてくれる。ただ食べて、眠って、遊んでればいい。でも学校に上がって、お勉強も始まって、喧嘩をしても仲なおりは自分たちでやりなさい、みたいな感じ？」

「低学年のうちはそうでもないでしょう？　先生だっていろいろ面倒を見てくださるし」

「まあそうだけど、なんかどんどん自分の責任が増えていくような……」

「そりゃそうですよ。いつまでも親任せじゃ、たまったもんじゃありません」

「だからこそ、たまーにお子様ランチを見るとあのころはよかったと思う。そして、はっとする」

「なにに？」

「お子様ランチを食べてただ楽しんでただけの自分も、今ではこんなに立派な大人になった。長い道のりだったけど、頑張ってきたんだって……」

「……思うでしょうか？」

少なくとも美和は、この店主に言われるまでそんなふうに考えたことはなかった。ただ懐かしい、ちょっとずついろいろ食べられて嬉しい、と思っただけだ。お子様ランチから、今まで自分が歩んできた道のりを振り返る人がいるとは思えなかった。

おそらく店主もわかっていたのだろう、苦笑しながら言う。

「たぶん、思わないね。でも、できればそう思ってほしい。問題も不安も山積みかもしれないけど、あなたは生きている。お子様ランチを食べなくなった日から今までの長い時間を生き抜いてきただけでも素晴らしいことなんだって、気づいてほしい」

「生き抜いてきただけで素晴らしい……」

「そう。生き抜いてきただけで素晴らしい。ここにいると、ついそんなことを思っちゃう」

『ここ』というのは病院の近くという意味だろうか。

おそらくこの店には病院関係者がたくさん出入りするのだろう。もしかしたら患者の話を聞くこともあるのかもしれない。『生き抜いてきただけで』という言葉には、それが叶わなかった人たちの無念が込められている気がした。

「お子様ランチは無邪気と無責任の象徴で、子どもだけのもの。でも、時には大人が食べてみて、『来《き》し方《かた》』を評価してもいいんじゃないかなあ……」

原点と今を繋いで道のりを評価する。そんな時間があってもいいはずだ、と店主は言う。だからこそ、彼女はこれからもお子様ランチを作り続ける。自信も目標も見失って不安にあえぐ大人たちのために……

脇に置かれた黒七味の袋が目に入る。この黒七味は美和にとってカイロみたいなものだ。自分だけではなく、あんなに苦手そうにしていた智也まで喜んで味噌汁を飲むようになった。

トレーディングカードはともかく、この店で黒七味をもらったのは美和だけではないはずだ。黒七味に限らず、この店主はいろいろな形で客にカイロを渡しているのかもしれない。自分で自分を評価できない、先なんてまるで見えなくて不安ばかりが募る。そんな日でもここに来れば温まることができる。ちょっとだけだし、すぐに冷めてしまうかもしれないけれど、それでも冷たい風の中をしばらく歩くことはできるだろう。

支払いを終えて外に出る。賄《まかな》いだった春雨《はるさめ》スープほどではないにしても、千円札でも何枚か硬貨が戻ってくる金額に複雑な思いが湧く。店主は『お子様ランチなのに、目が飛び出すような値段なんてありえないでしょ』と笑っていたが、採算はちゃんと取れているのだろうか。こちらは助かっても、店が潰れては困る。せめて『深夜料金』でも割り増ししてくれないか、と思うが、あの店主は間違ってもそんなことはしないだろう。どうかすると、深夜しかやってないのだから割り増し料金なんて取れるわけない、と言い放ちそうだ。

狭い階段をゆっくり下りていく。

明日はもう退院だ。あと何度かは通院で来ることになっているが、その時刻にこの店は営業していない。ここに来るために智也を置いて出かけてくるなんて論外だ。この店主に会うことはもうないかもしれない——そう思うと不思議な寂しさを覚える。

彼女の出してくれた料理は、美和の不安と疲れを拭い去ってくれた。また彼女の料理を食べるには智也が入院するしかないが、そんなのはまっぴらだ。いっそ、昼間の営業にしてくれないかな、と思いかけて自分を戒《いまし》める。

店主の温かい料理と人柄が、草臥《くたび》れ果てていた美和を癒《いや》してくれた。

明けない夜はないと人は言う。けれど、夜は不安を連れてくる。美和と同じように、闇の中で不安に怯える人はたくさんいるだろう。やがて来る朝を信じられない人にこそ、この店が必要だ。

古来、日本人は北極星を目印にしていたと聞く。『ポラリス（北極星）』という店名は、夜中に途方に暮れる人たちの道標《みちしるべ》になるべく付けられたに違いない。

——私はもう大丈夫。夫と別れたのは智也が生まれて一年も経たないころだった。それからずっとひとりでやってきた。これまでだってなんとか生きてきたんだから、これからだってできるはず。どんな闇の中でも歩き続ける。あの子を守るために、いつかきっと明るい場所に出ると信じて……

見上げた空に北極星が瞬《またた》く。見守っていてね、と呟き、美和は病院に向けて歩き出した。

明けない夜

午後十時、竹田大和《たけだやまと》は外に出るなり、ダウンジャケットのジッパーを襟元まで引っ張り上げた。空気は一際冷たいが、外の暗さに安心感を覚える。それはきっと、まだまだ夜は明けない、今日は終わらないと思えるからに違いない。

——夜なんてずっと明けなくていい。そうすれば、受験は永遠にやってこないんだから……

受験生活を始めてどれほど経ったのだろう。合格しない限りこの生活が続くのかと思うと、うんざりするのを通り越して目の前が暗くなる。ゴールはどんどん遠のく……いや、それは嘘だ。大和が脇道に迷い込んでいるだけで、最初からゴールの位置は変わっていない。遠くのゴールに目を凝《こ》らすことすら辛くなっているのに、リタイヤはけっして許されない。何日も何ケ月も何年も続くレースに大和の精神はむしばまれ、戦う意欲はほとんど残っていなかった。

「またな、大和！」

後ろから出てきた男が、元気よく大和を追い越していく。

彼は高校の同級生で、予備校で顔を合わせると一言二言交わす仲だ。現役のころから数えれば付き合いはかれこれ三年に及んでいる。要するに彼も大和も二浪、間もなく三度目の受験シーズンを迎えようとしていた。

彼の足取りの軽さは、今日戻ってきた模試の結果によるものだろう。前回までC判定だった合格の可能性がBになったと歓声を上げていた。DがEに転落した大和とは大違いだ。

二浪の冬にC判定をB判定に上げるのは並大抵のことではない。浪人生は現役生に比べて受験勉強を一年以上先行しているようなものなので、春は大抵成績がいい。だが、そのあとは猛スピードで追いかけてくる現役生に抜かれ続け、夏、秋、冬……と判定も順位も下がりがちなのだ。

それ以上に羨《うらや》ましいのは、判定そのものよりも、三年近く受験勉強を続けてもなお、あのモチベーションの高さを維持できることだ。同じように医学部を目指し、同じように二浪し、同じように教師や親にお尻を叩かれ続けているというのに、彼は泣き言も漏らさずに問題を解き続ける。息も絶え絶えの大和とは比べようもなかった。

元気よく駅に向かっていく同級生を見送り、またため息をひとつ重ねる。

家に帰ったら両親はきっと模試の結果を訊ねるだろう。受験前最後の模試なのだから当然だ。そして、Dですらなくなった判定を見て盛大に嘆くに違いない。

『大和、なんなのこの成績は⁉　毎日予備校でなにをやってるの⁉』

金切り声を上げる母の姿が目に浮かぶ。父は母ほどヒステリックではないが、冷静な分、失望の深さがストレートに伝わってくる。

大和がE判定をもらってしまったのは父の母校だ。現役のときから挑み続けているが、B、C、そして今回のEと合格の可能性は下がりっぱなしだ。そもそも、父の母校に対する違和感が拭えない。それは現役時代に不合格になったからというわけではなく、受験を決める前からのことだった。オープンキャンパスで見に行ったこともあったが、あの大学で学ぶ自分の姿が想像できない。

それでも父の母校の医学部は首都圏でも指折り、かつ研究の中心を担っている。しかも竹田家は代々医師の家系で、その大半が父と同じ大学の医学部を卒業している。薬剤師になった者もいるが、それすらも父と同窓の薬学部を卒業していた。男女を問わず、長子に至っては全員同窓で、中には三浪して入学した者までいる。竹田家の長男として他大学への進学は論外というのが、親族の共通認識だった。

さっき追い越していった同級生の志望校は、大和とは異なる。家庭環境が似ていることもあってこっそり教えてくれたのだが、彼は臨床医よりも研究医を目指しているそうだ。興味を持っている研究分野の第一人者が志望校に在籍していて、どうしても師事したい、ほかの大学では進学する意味がない、とまで言っていた。昨年不合格になったときですら、現役のときよりも手応えがあった、このまま頑張れば来年こそは合格できるはずだ、と意気を上げていた。

合格の可能性が上がって喜んでいるのがライバルではないのは不幸中の幸いだが、それより羨《うらや》ましいのは彼に揺るぎない意志があり、かつ志望校選択の自由が許されることだ。

だが彼にまったく問題がないかと言えばそれも違う。彼の両親は、どこの大学でもかまわない、最終的に医者にさえなってくれれば、という考え方だそうが、研究医を目指すとは思っていないらしい。なにせ彼はまだ、臨床医ではなく研究医を目指すことを親に伝えていないそうで、今後は一波乱も二波乱もあるに違いない。

ただでさえ二浪中、さらに行く手には親とのバトルが待ち受けている。それでもモチベーションを保てるのは、自分が選んだ大学だからとしか思えない。障害に阻まれながらも、自分が決めた道を進み続ける同級生が眩《まぶ》しくてならなかった。

暗い道をとぼとぼと歩く大和の耳に、サイレンの音が聞こえてきた。一瞬で聞き分けられる。あれはパトカーでも消防車でもなく救急車のサイレンだ。徐々に近づいてくるから、予備校を通り越した先にある大きな病院に向かっているのだろう。

ほどなく曲がり角から救急車が現れた。赤色回転灯が闇を照らす。乗っているのは怪我人か病人か……いずれにしても救急隊の人たちは車内でできうる限りの処置を施し、少しでも早く病院に送り込もうと躍起《やっき》になっているに違いない。

回り続ける赤いランプを見ていると、目眩《めまい》がしそうになる。そこに具合の悪い人がいる証である以上に、説明のつかない恐れを感じてしまう。

なんとか目を逸らしてすれ違ったとたん、サイレンの音が低くなった。路肩に止まっている車の間を縫うように走り去る救急車を背後に、またとぼとぼと歩き出す。駅が一歩ずつ近づくにつれ、帰りたくない気持ちがどんどん大きくなる。帰らないわけにはいかない。ただほんの少しでいいから気持ちを落ち着かせたい。このまま母の叱責にあったら、今度こそ心が折れて受験どころではなくなってしまう。

コンビニにでも寄るか……と顔を上げたとき、目の端に小さな看板が映った。

——カフェ『ポラリス』？　こんな時間でもやってるんだから未成年お断りの店だろうか……

そう思った次の瞬間、大和は苦笑した。ずっと受験生のままだから自覚はしていなかったが、成年か未成年かといわれたら、大和はとっくに成年だ。しかも夏生まれだから高校在学中に成人し、今では飲酒が許される二十歳すら超えている。酒を出す店にひとりで入ったことなどないが、年齢を理由に入店を断られることはないはずだ。

看板には湯気が上がっているカップが描かれている。それほど巧みではないから、スープなのかコーヒーあるいは紅茶なのかは定かではないが、温かい飲み物がメニューに入っているのは間違いなさそうだ。

三十分、いや二十分でいいからここで休んでいこう。先生に質問していたと言えば、親だって叱りはしないだろう。少なくとも模試の結果以上には……

案内板で『ポラリス』という文字を探し、狭い階段を上がる。三階の廊下の突き当たりにある木製のドアに、オレンジ色の明かりがともっている。ほかにもいくつか店が入っているようだが、どこにも明かりはついていない。雑貨屋や定食屋ばかりのようだから、とっくに閉店したのだろう。

木のドアは中の様子がわからない。嬌声《きょうせい》が聞こえてこないことには安心したが、やはり不安は残る。破れかぶれで入った挙げ句、コーヒー一杯で数千円とか数万円とか取られたら目も当てられない。

やっぱりやめておこう、と戻りかけたとき、階段を上ってくる足音が聞こえてきた。

トントントントン……という軽快な足音のあと、姿を現したのは三十代半ばと思われる男性だった。スマホをいじりながら歩いてきた男は、店の前まで来て初めて大和に気づいたのか、「おっ！」なんて声を上げた。

男はおそらく店に入りたいのだろう。突っ立っていては邪魔になる、と脇によけようとしたとき、中からドアが開き、女性が顔を出した。大和よりは年上、三十代後半のようだ。

「やっぱり先生だ！」

女性の声に男が嬉しそうに答える。

「はい、俺だよ。でも、やっぱりってなんだよ」

「足音でわかるもの。軽くて忙《せわ》しなくて、でもリズミカル」

「そう？　ま、いいや。なんか食わせて」

「もちろん。寒いからさっさと入ってね。あなたも！」

女性の有無を言わさぬ調子に断ることもできず、大和はそのまま店に入ってしまった。

男は身体つきこそしっかりしていて『いかつい系』に見えるが、悪い人には見えない。顔だってどちらかと言えばイケメン寄りだし、女性は天真爛漫な感じだ。客と店の人がこういう雰囲気なら、コーヒー一杯で数千円なんてことはないだろう。

カウンターの中に入った女性が、一際元気な声を出した。

「いらっしゃいませ！　カウンターへどうぞ！」

午後十時過ぎという時刻と落ち着いた店の雰囲気にまったくそぐわない声に、大和は面食らう。三十代後半ぐらいと思ったけれど、明るいところで見るともっと若い。おそらく三十になるかならないかだろう。毛先を遊ばせたベリーショートと明るい髪色だけではなく、流行のデザインの服装まであわせて『若者』の範疇《はんちゅう》に入る外見だった。

カウンター席は全部で五つあるが、一番手前の席には、雑誌とノートが積まれている。一緒に入った男はさっさと一番奥の席に座った。空席があるのにくっついて座るのは怪しすぎると思った大和は、男からひとつ、雑誌と本からもひとつ離れた席、つまりど真ん中の椅子に座ることにした。

「鞄は足下のカゴにどうぞっ！」

あくまでも元気な案内に従い、リュックをカゴに入れる。問題集や参考書がたっぷり詰め込まれたリュックが余裕で収まるほど大きなカゴだった。

「重そうな鞄だね。肩が痛くならない？」

カウンターの向こうの女性が心配そうに言う。すぐに一番奥の席から声が聞こえた。

「学生さんならそれぐらいは平気だろ。俺だって若いころはもっと大きな鞄を背負って歩いてた」

「どうせ分厚い専門書とか突っ込んでたんでしょ」

「まあな。昔は今みたいに電子化が進んでいなかったから、本も資料も全部紙。でもって、紙ってのは目茶苦茶重いんだ」

「でしょうねえ……あ、でも、それって学生のころからずっとでしょ？　ちょっとずつ増えてったんなら身体もちょっとずつ慣れてったんじゃない？　忍者の修行みたいに」

「忍者？」

「ほら、苗木を植えて毎日上を飛び越すやつ。苗木はちょっとずつ伸びるから、毎日飛んでるうちに大木の高さでもジャンプできるようになるって……」

「ありえないよ。人間がジャンプできる高さには限界がある。いくら毎日飛び越してても、どこかで飛べない高さになってそこで終わりだ」

「えーそうなの？　毎日ちょっとずつ頑張ればなんとかなると思ってたのに」

「努力を積み重ねても、できるようになることとならないことがある。特に身体能力に関わることは無理だ。オリンピック級の短距離選手でもせいぜい時速四十五キロ、五十キロを超えることはできないよ」

「夢も希望もないわね」

「ママ、どんな夢を持ってたんだよ！」

「ママじゃなくて『あかり』って呼んでってば。朱色の朱に里で朱里《あかり》！　子どもを育ててるわけじゃないのに『ママ』は勘弁して」

「なに言ってるんだよ。俺が言う『ママ』は、マミーから来る『ママ』じゃない。女性店主を呼ぶ場合の『ママ』は『マダム』の短縮形の『マム』から派生した『ママ』。年齢も子どもの有無も関係ないよ」

「ふーん……そうだったんだ。でもやっぱり『ママ』じゃなくて『朱里さん』……やっぱり『朱里ちゃん』がいい！」

「わかった、わかった。で、朱里ちゃんはどんな夢を持ってたの？　まさか、チーターみたいに疾走したかったとか？」

「ないない。でも、想像したらちょっと楽しいじゃない。四コマ漫画みたいに、見えないほどの速さで足が回転したり、屋根までビヨーンって飛び上がったり」

「そんな速さで足を動かしたら筋肉が断裂するし、屋根に下りたときの衝撃で骨折する」

「もう……わかったよー。これだからお医者さんは！」

「え……」

そこで大和はまじまじとカウンターの端にいる男を見た。

大柄で肩幅も広いし、筋肉もたっぷりついている。『筋骨隆々《きんこつりゅうりゅう》』を地で行くような男が、医者だなんて思ってもみなかった。

「お医者さんだったんだ……」

聞こえるか聞こえないかの呟きだったはずなのに、カウンターの向こうの朱里はしっかり大和の声を拾って答えた。

「そうよ。すぐ先の病院のお医者さん。ここにさぼりに……」

カウンターの端の客が慌てて遮《さえぎ》った。

「さぼりに来たんじゃない！　今日は難しい手術があって、なんやかんやで予定より二時間も長引いて、やっと休憩が取れた。朝飯を食ったきり飲まず食わずなんだぞ！」

「あら、そうだったの。それは失礼しました。じゃ、ちゃんと食べないと」

「だからここに来たんだろうが。夜中でもしっかり食えそうなのはここぐらいしかないから」

「なんか、ほかに選択肢がなくていやいや来たみたいに聞こえるなあ……」

朱里が不満そうに呟く。それでもせっせと手は動いているから、この男の食事を調えつつあるようだ。注文を取った様子もないのに……と不思議に思っていると、男が彼女の手元を覗き込んで歓声を上げた。

「豚汁！　ってことは和食セットだな？」

「そう。温かくて野菜もお肉もたーっぷり！　でもって、ご飯はカツ丼！」

「カツ丼？　定食タイプじゃなくて丼物も出すんだ」

「いつもは出さないし、本日の和食セットは、ヒレカツと豚汁にほうれん草の胡麻和《ごまあ》え。でも、先生はカツ丼が食べたいだろうなあーって」

「なんでそう思ったの？」

「なんでって……がーっと丼飯をかき込みたい気分じゃない？　えーっと……」

そこで朱里は男の顔をじっと見て、卵をふたつボウルに割った。

「卵はたっぷり。でも、ちゃーんと固めるね。白身と黄身もしっかりまぜて」

「マジか！　いや、嬉しいな。近頃はどこのカツ丼も卵が半生でさ。半熟トロトロが流行なのかもしれないけど、俺はちょっと苦手なんだ。カツ丼も親子丼も、お袋が適当に作った煮えすぎの卵ばっかり食ってたからかな……それにしてもよくわかったな」

「だって先生、卵かけご飯も苦手だって言ってたじゃない」

「そういえば、そんな話もしたな。あのどろっとした感じがどうにも……」

「わかる……特に白身が……」

「お、君もか！」

男が目を輝かせて大和を見た。

大和はカツ丼や親子丼の卵は半熟が好きだが、卵かけご飯は苦手だ。特に、白身と黄身がまじりきらず、口の中にどろっとした白身を感じると寒気がする。小さいころから苦手だったけれど、最近はそれが高じて、母が作る玉子焼きまで嫌いになった。母の卵のまぜ方がいい加減で、玉子焼きの断面に白身が覗いているのを見るだけで、食欲が失せてしまうのだ。

卵は完全栄養食だし、卵かけご飯は手軽に食べられていいのに、と母は嘆くが、無理なものは無理。どうしてもと言われれば、黄身だけをご飯にかけて白身はフライパンで焼くというのが、大和の卵かけご飯の食べ方だった。

「やっぱり卵はしっかりまぜて火を通すのがいいよな！　トロトロは茶碗蒸しとプリンで十分だ」

「俺はそれも固めのほうが……。ステーキもウェルダン派です」

「そこまでか。俺も相当だが、さらに輪をかけたやつがいるとはなあ」

「私はどれもトロトロが好きだけど、好みは人それぞれだよね。はい、先生、できたよ！」

朱里がカウンターを回って料理を運んできた。

黒塗りのお盆の上に、カツ丼と豚汁、ほうれん草の胡麻和《ごまあ》えがのっている。確かに、カツ丼の卵はしっかり火が通っているし、丹念にまぜ合わせたらしく白っぽい部分はまったく見られなかった。

「これぞ、理想のカツ丼だ！　こんなのが外で食えるとは思わなかった！」

「私も、こんなカツ丼を作ることになるとは思わなかったよ。でも、火を通し切っちゃっていいのは楽だね。半熟は加減が難しいけど」

「だろ？『完熟カツ丼』は意外に作り手に優しいんだよ」

「だったら先生でも作れるでしょ」

「作れるか、作れないかと訊かれたら作れる。でも、それが旨いとは限らない。どれ……」

男はそう言うと、カツを一切れ口に運ぶ。卵は半熟よりも暗い黄色になっているけれど、たっぷり散らされた三つ葉の鮮やかな緑のおかげかそれほど気にはならない。むしろ、満足そうに頬張る男の表情が『完熟カツ丼』をより美味しそうに見せていた。

「うーん……旨い。旨すぎて残念なぐらいだ」

「なんでよ！」

朱里が唇を尖らせる。

当たり前だ。旨いならただ褒めればいいのに、残念だと言われたら不本意でしかないだろう。男が苦笑しながら答えた。

「甘すぎもせず、しょっぱすぎもせず、出汁《だし》の加減も絶妙だ。おまけに、こんなにしっかり卵に火が通ってるのにカツがしなしなになってない。こんなカツ丼、よそでは食えないし、自分でだって作れっこない。正直、お袋が作ってくれたのよりも旨い。そりゃ残念にもなるってものさ」

「食べたきゃうちに来ればいいじゃない」

「よく言うよ。飲み物を除けばメニューは和食セットと洋食セットの二種類だけ。しかも中身はママ……じゃなくて朱里ちゃんの気分次第。来たところで前と同じ料理が食えるとは限らないのが『ポラリス』じゃないか」

「う……痛いところを……。でも、先生が本当にカツ丼を食べたがってるならちゃんと出すよ！」

「そりゃありがたい」

そう言いながらも、男はまったく信じていない様子だ。その証拠に、男は一口一口を噛みしめるように食事を進めている。カツ丼から豚汁、そしてほうれん草の胡麻和えと順序よく、記憶に止《とど》めるように……。おそらく、次はないと思っているからに違いない。

「朱里ちゃん、そっちのお兄さんがほったらかしになってるよ。注文を訊いてあげなきゃ」

「あ、うん、そうだね」

カウンターの中に戻った朱里が、改めて大和に目を向けた。

注文を取り忘れているというのに、慌てている様子がまったくないのは不思議だ。まるで大和が家に帰りたくなくて寄り道をし、時間がかかればかかるだけ幸いだと思っているのを知っているかのようだった。

朱里はひどく落ち着いた様子で大和の顔をじっくり見たあと、軽く頷いた。背後のカップボードから口の広いコーヒーカップを取り出し、コーヒーメーカーの上にぽんと置く。ファミレスのドリンクバーに置かれていそうなコーヒーメーカーに、大和はちょっと驚いてしまった。

偏見を承知で言えば、こういった個人経営のカフェというのはコーヒーメーカーを使ったりしないのではないか。サイフォン式とまでは言わないが、少なくとも一杯一杯手で淹《い》れているとばかり思っていたのだ。

朱里はカップをのせただけでスイッチを操作しようとはしない。当然だ。まだなにも注文していない。当たり前みたいな顔で、コーヒーカップを持ち出しただけでも驚きだが、もしかしたらこの店では、温かい飲み物はこのコーヒーメーカーで作れるものしか出していない可能性もあった。

朱里が振り返って訊ねた。

「お兄さんはこのあと家に帰るんだよね？」

「はい」

「おうちまでどれぐらい？」

「三十分ぐらいです」

「じゃあブレンド……じゃなくてカフェオレ……やっぱりカフェラテがいいかな？」

そのとき、カウンターの端の男が呆れたように言った。

「まーた勝手に注文を決めようとしてる！　俺は慣れてるから平気だけど、このお兄さんは初めてじゃないのか？」

「そうだよ。初めてのお客さん。うちみたいな店は、どうかするとお馴染みさんばっかりになっちゃうから、初見のお客さんが入ってきてくれるのはありがたいよ」

朱里は男の言葉をまったく気にする様子がない。それどころか、小さなロールパンを取り出して、ナイフで切り目を入れ始めた。男はとっくにカツ丼を食べ始めているし、このロールパンは大和に出すつもりに違いない。

「あ、パンまで！　だから、ちゃんと注文を訊いてやれって。腹が減ってるかどうかもわからないのに……。それに、こんな夜中にコーヒーなんてすすめるなよ。これから夜勤に入るわけでもあるまいし、眠れなくなるだろうが」

「お腹、ちょっとは空いてるよね。バターロールサンドなら食べられるでしょう」

質問ではなく断定に近い口調で言ったあと、朱里は冷蔵庫からプラスティック容器を取り出した。蓋を開けると中には玉子ペーストが入っていた。菜の花みたいな黄色に忘れかけていた食欲を刺激される。

そういえば、今日は夕食を取っていない。いつもなら午後六時過ぎに休憩がてら外に出て、眠くならない程度に腹を満たすのだが、模試の結果が悪すぎてそんな気になれなかったのだ。

大和がごくりと唾を呑んだのに気づいたのか、朱里はふっと笑ってロールパンをもうひとつ取った。

「ふたつにしようね。中身はウインナー……」

再び冷蔵庫を開けかけた朱里は、大和の顔をちらっと見て言い直す。

「じゃなくて、ハムとチーズにしよっと！」

「だから『しよっと！』じゃないんだって！　客の希望を訊けって！」

「えーっ……いいよね？　卵とハム&チーズで。それともウインナーがいい？　ナポリタン用のやつならあるよ。ケチャップをかけてパセリを散らそうか？」

「いや、俺はウインナーよりハムとチーズのほうが……」

「ほらね。訊く必要ないじゃん」

我が意を得たり、と言った様子の朱里は、傍らにあったボウルからレタスを取ってふたつのパンに突っ込み、片方に玉子ペーストをたっぷり、もう片方にはスライスされたハムとチーズをふんだんに挟んだ。

「はい、完成。あとはカフェラテ、と」

「君、それでいいの？」

この店主にはなにを言っても無駄と悟ったのか、男が大和に訊ねてくる。ロールパンサンドは飲み物なしでは食べにくいし、冷たいドリンクは避けたい。温かい飲み物ならコーヒーか紅茶が妥当だろう。

「俺はかまいません」

夜中なのは間違いないが、家に帰ったからといってすぐに眠れるわけじゃない。少なくとも三時間ぐらいは勉強をしたい。したいというよりもすべきだと思う。受験や進学へのモチベーションは失せきっているにしても、リタイヤが許されない限り、結果を出すことだけがこの生活から逃れる唯一の方法だろう。大和にとってうるさくあれこれ言ってくる親が眠っている夜中こそ、勉強に最適な時間帯だった。

「もうちょっと起きてなきゃいけないので……」

「だよね。今コーヒー系の飲み物を飲んでおけば、家に帰るころには頭が冴えてくる。カフェインの効果が切れたころ眠ればいい。先生、これって間違ってる？」

カウンターの端の男が、感心したように頷いた。

「間違ってない。カフェインは飲んですぐに効果が出るわけじゃない。人にもよるけど、だいたい三十分程度で目が冴えてくる。俺は疲れてどうしようもなくなったときには、コーヒーを飲んでベッドに入る。そうすれば三十分ぐらいですっきり目が覚めるから」

「でしょ？　でもストレートのコーヒーはちょっと飲みづらいだろうからミルクをたっぷり。うちの淹《い》れ方だとカフェオレよりカフェラテのほうが一杯あたりのカフェインが少なくなるからちょうどいい、ってことでカフェラテでいいよね？」

「あ、はい」

カフェオレとカフェラテの違いはわからない。どちらも『ミルクが入ったコーヒー』程度の認識しかないのだ。ただカウンターの端の男が否定しないところを見ると、カフェオレよりカフェラテのほうがカフェイン量が少ないことに間違いはないのだろう。

「それにしても……」

カウンターの端の男が少し心配そうにこちらを見た。

「このあとまだ起きている予定なのか……若いうちは多少寝なくても大丈夫って思いがちだが、睡眠のリズムを崩すのはあまりよくないなあ……」

「やだ、先生。それは思いっきりブーメランじゃない？」

「俺たちみたいな仕事をしてる連中は仕方がないにしても、だよ。まさか君、交代勤務制の仕事に就いてるとかじゃないよな？」

「違います。入試が近いから勉強しなきゃならなくて……」

「受験生なのか！」

「そんなにびっくりすること？　こんな時間にこのあたりをうろうろしてる若い人は、思いっきり遊んでるか、予備校帰りの子しかいないよ。こんなに大きくて重そうなリュックを持ってるんだから、たぶん予備校の帰りでしょ。あの、医学部専門の予備校？」

「はい……」

「え、君、医者になりたいの!?」

男が大和のほうに身を乗り出してきた。同じ道を行く者として気になったに違いない。

「なりたいっていうか……なれって言われてるっていうか……」

「なんだそれ。もしかして、すごい進学校にいて成績もいいからって先生に医学部をすすめられてるとか？」

進学校の場合、学校の実績作りのために偏差値の高い大学への受験を推奨することがある。本人が、この大学に入りたいという確固たる意思を持っていない場合は特にその傾向が強く、大和の友人にも教師にすすめられて医学部に入った者がいた。ただ、大和の場合はそこまで優秀ではないし、余裕で医学部に進めるほどの学力もなかった。特に現役のときは、親が医者でなければ止められるレベルだったのだ。

「違います。ただ、俺の親が医者だから……」

「まあそっちが普通か。で、勤務医？」

「開業医です。俺の曾祖父が建てた病院で、親父が三代目です」

「あー……」

男の顔が痛ましそうに歪んだ。三代続いている病院と聞いただけで、大和が抱える悩みを察したのだろう。

「もしかして、設備投資もバリバリ？」

「はい。親父が最新の医療機器をどんどん入れてます」

「どうせ息子の代でも使うから、ってことか……。親父さんの中じゃ、君があとを継ぐのは既定事実なんだな」

「そうなんです。なのに俺、一昨年も去年も落ちちゃって、今年も絶望的。もっと入りやすいところを狙おうかと思っても認めてもらえなくて……」

「それは辛いな……。自分で決めたならともかく、周りにこの大学じゃなきゃ、とか言われた日にはやる気なんてなくなっちまう。そう考えると、俺はラッキーだった。日本中のどこかの医学部に潜り込みさえすればよかったんだから」

朱里がクスクス笑いながら言った。

「先生って成績が悪かったの？」

「医学部狙いにしては、と言ってくれ。これでも学校では十本の指に入る成績だった。あ、念のために言うがそれなりの進学校だぞ？　それでも難しいのが医学部。大学を絞るなんてリスキーすぎる」

「俺もそう思うし、予備校の先生にも同じようなことを言われました。でも、うちは父や祖父だけじゃなくて、親戚のほとんどが医者なんです。しかも軒並みその大学の卒業生、いとこ連中になると中学はおろか小学校や幼稚園から入学ってやつも多くて……」

「君も？」

「俺は……縁がなくて……」

幼稚園も小学校も受験したのに合格できなかった。中学受験のときも合格の可能性は低くなかったのにやっぱり不合格だった。第二志望にしていた中高一貫校に進んだために、高校は受験せずに済んだけれど、大学受験となったらやっぱり父たちの母校をすすめられた。いや、すすめられたなんて生ぬるい感じではない。母に至っては、ほかに大学はないと思え、ぐらいの勢いになっている。

だが、大和自身、何度受けても受かる気がしない。『縁がない』という言葉には、これまでの経緯と今の気持ちのすべてが込められていた。

男が無言で頷いた。おそらく事情を察して、これ以上なにかを訊くのは酷だと思ったに違いない。

一方、容赦がないのは朱里だった。

「で、家に帰りたくなくてここに来た、と……。さては模試の結果が悪かった？　秋までなんとかDだったのが、とうとうEになっちゃった、とか？」

「なんで……」

この人は超能力者なのだろうか。大和の様子から結果が悪いのは想像できるにしても、秋までDだったのが今回Eになってしまったことまでわかるわけがない。家が病院だという話はしたが、模試という言葉すら出していない。ただ成績が下がっただけではなく評定そのものまで言い当てられて、背筋が冷たくなるほどだった。

「あ、やっぱり正解？」

朱里が嬉しそうな声を上げた。呆然としている大和を見て、カウンターの端の男が言う。

「なんかびびるよな。わかるわかる、俺もそうだった。なにこいつ、魔女？　とかさ」

「魔女ってなによ！」

「だってそうだろ。俺が食いたいものも、この子の気持ちも状況もバッチリ見抜いちゃってさ。しかも俺については今日だけじゃない。ここに来れば、黙ってても食いたいものが出てくる。それこそ百発百中だよ」

「ヘトヘトのお医者さんが食べたいものなんて、当てるのは簡単よ」

「そうかあ？」

そこで男は、カウンターに置いていたスマホを手に取った。数秒操作したあと、視線を上げて言う。

「月に何度か同じような状況になるけど、前の手術明けは骨付きの鶏肉が入ったポトフとバゲットだった。その前は青椒肉絲《チンジャオロース》と卵スープ。もうひとつ前は鮭となめこの雑炊だったよ。これってどうやって決めてるの？」

「え、なんとなく？」

「同じ手術明けでもがっつり食いたいときと、あまりにも疲れすぎて胃が受け付けそうにない日がある。自分にすらなにが食いたいかなんてわからないこともあるのに、『なんとなく』でここまで食いたいものばっかりになるか？　ありえないだろ。しかも、ポトフ以外はセットメニューじゃなかったぞ」

「具体的なイメージがなくても、実物を見たら『あ、これだ！』ってなることはよくあるじゃない。それより、先生って食べたものをいちいち記録してるの？」

「当たり前だ。栄養バランスは疎《おろそ》かにできない。一日単位じゃ無理だけど、一週間ぐらいのサイクルで調整してる。そのためには記録は欠かせない」

「真面目だねえ……ってか、私に魔女とか言うけど先生こそ記録魔だよね。でも、それも患者さんのためか……」

「そういうこと。何時間にも及ぶ手術で医者がふらふらだったら、患者は不安でしょうがないだろ。

メスを握ったまま倒れかけて、うっかり切っちゃいけないところを切っちゃった、とか」

「やーめーてー!!」

朱里が悲鳴を上げた。だが男は淡々と続ける。

「な、恐いだろ？　だからこそ食事には気をつけるし、身体も鍛える。すべて患者のためだ」

大和の父親も医師だが、そんなに長い手術をすることはない。開業医でもっぱら内科と小児科の患者ばかりだから、メス自体もう長い間握っていないはずだ。それでも体調を崩して休診なんてことになったら迷惑するのは患者だから、と健康管理には気を遣っている。

手術をしない医者を貶《おとし》めるわけではないが、患者の命をダイレクトに左右しかねない手術医となったら、より一層の注意が必要だ。アスリートさながらの身体つきも、長い手術をこなすために鍛え上げた結果に違いない。

「医者の不養生って言葉があるけど、あれは誰よりも患者のためにならない。人間は案外勝手な生き物だから、どれだけ口できれいごとを言ってても体調が悪かったり悩みを抱えてたりしたら、患者に親身になってやれない。年齢のこともあるから必ずしもまっとうはできないけど、診てもらってる先生が自分より先にあの世行きなんて、洒落《しゃれ》にならない。心身ともに健康で、さあ来い、どんな患者も俺が治してやるぜ！　ってのが理想だよ」

「大変ねえ……でも、先生みたいなお医者さんだったら患者さんは安心だよね。私もなにかあったら先生に診てもらいたいなあ」

「それはどうだろ？」

「なんで？」

「だって俺って循環器科だよ？　それももっぱら心臓。あんまりお世話にならないほうがいいやつ」

「でも、病気なんて選べないんだからお世話になることもあるでしょ？　だったら信頼できる先生がいいよ」

「信頼できるって思ってもらえるのは嬉しい……てか、微妙に話を逸らされたな……。ま、女の勘は侮《あなど》れないってことにしとくか」

そう言うと、男は立ち上がった。

男の器はどれも空っぽになっている。話している間にもせっせと食事をすすめていた。口に食べ物を入れたまましゃべったりしていないのに、こんなスピードで食事を終えられるのはかなりの驚きだった。

「ごちそうさん。旨かったよ」

「あ、先生、コーヒー……は、いらないか」

「ご名答。手術が思った以上にうまくいった。おかげでアドレナリンが出まくり。むしろ朝まで眠れそうにない」

「それはよかったね」

「ああ。一か八かの手術だったし時間もすごくかかったけど、予後はかなり期待できる。きっと玄関から退院していくに違いない」

『玄関から』に込められた力に、そうではない患者の存在が窺《うかが》われる。医師が手を尽くしても救えない命もある。無力さと虚《むな》しさに襲われながらも、次こそは救おうと努める。生活に気を配り、身体を鍛え、真摯に医療という仕事に携《たずさ》わっているのだろう。

「じゃあ、俺はこれで。あと、そのバターロールサンド、早くこの子に出してやれって！」

「はーい、ただいま！」

「全然『ただいま』じゃない！」

まったく……と首を左右に振ったあと、男は大和に目を戻した。

「よく考えろよ。医者なんて周りに言われてなるもんじゃない。医学部ってのは、入るよりも入ってからのほうが数倍大変だし、国家試験に通ってからはもっと大変になる。見ず知らずの他人の人生を左右する仕事なんだ。しかも患者はひとりじゃない。次から次へとやってくるし、教科書どおりになんて絶対いかない。治療がうまくいって当たり前、うまくいかなくて恨まれることもある。信念がなけりゃやってけないんだよ。そのあたり、しっかり考えてくれよ」

右手を上げて軽く挨拶し、男は店を出ていった。

ドアが閉まるか閉まらないかのうちに、朱里がコーヒーメーカーのスイッチを入れた。ドアのベルのカランという音が、ガーッという音にかき消される。一気にスチームが立ち上り、泡立てられたミルク、続いて褐色の液体がカップに落ちていく。滴《しずく》が止まるのを待って、朱里はカップをソーサーにのせた。

「はい、カフェラテ。カップが熱いから気をつけてね」

そっと持ち上げてみると、カップは持ち手までしっかり温まっている。どうやらさっきカップをのせたところは、カップヒーターになっていたらしい。すぐにスイッチを入れなかったのも、カップが温まるのを待っていたからのようだ。

さらに、バターロールサンドを入れた小さなバスケットが目の前に置かれた。バスケットに敷かれた紙ナプキンは鮮やかな黄色——まるで真夏の向日葵《ひまわり》、見ているだけで元気が湧いてきそうな色だった。

「はい、バターロールサンド。後回しにしてごめんね」

改めて頭を下げられ、大和は慌てて答えた。

「いいんです。俺、本当に時間を潰したかったし……」

「うん、わかってる。でも出すだけ出してゆっくりしてもらえばよかったんだよね。いくら先生を早く病院に戻さなきゃって焦ってたにしても」

「早く戻さなきゃって？」

普通なら、忙しい医師に食事の間だけでもゆっくりしてほしいと思うだろう。特に、予定より長引いた手術のあとでやっと取れた食事である。この察しのいい女性なら、少しでも疲れを癒《いや》す時間が増えるように彼のほうの注文をあとに回す、程度の機転は利かせられそうだった。

「そんな顔しないで。私だっていつもならそんなことしないわ。でも、今日は特別」

「どうしてですか？　手術はうまくいったって言ってましたよね？」

「手術は成功したし、予後も良さそう。それに間違いはないんだけど、なんか気がかりがあるみたいで……」

「気がかり、ってあの先生がですか？　そんなふうには見えませんでしたけど……」

「初めて会った人にはわからないかな。でも、あの先生には癖があるの。気にかかってることがあると変に饒舌《じょうぜつ》になる。いつもならほかのお客さんと話し込んだりしないわ」

「それは俺が医者志望だったからだと思いますけど」

医学部志望とわかったとたん興味津々の様子になった。若者に自分の経験を語りたくなったのだとばかり思っていたが、朱里はあっさり否定した。

「それは違うよ。医学部志望だってわかったら、よけいに関わりたがらない。ちょっと前に、あなたと同じように夜中にうちに迷い込んできた受験生がいたの」

「迷い込んできたって……」

「そのとおりじゃない？　まあ、それはいいんだけど、その子は私たちが話してるのを聞いて、先生がお医者さんだってわかったみたいで、病院の様子とか、勉強のやり方とか根掘り葉掘り……」

今日と同じく、やっと取れた休憩を邪魔された先生はすっかりうんざりしてしまい、それ以後、ほかのお客さん、特に受験生と思しき若い子には関わらないようになった。その彼が、今日は大和に話しかけ、アドバイスめいたことまで口にした。そうすることで、頭の中にある『気がかり』を忘れたかったに違いない、と朱里は推測した。

そんなものか、と思いながらバターロールサンドを頬張る。玉子ペーストの少し強めの塩加減が、ほんのり甘いバターロールによく合う。かじっては吞み込み、吞み込んではかじり、あっという間に玉子ペーストのバターロールサンドはなくなってしまった。

そんな大和を気にも留めず、朱里は話し続ける。

「手術はうまく言ったんだから、たぶん治療以外でなにか……もしかしたら、スタッフの誰かともめてるのかも……」

「もめてるって、ヤバいじゃないですか」

「うーん、とね」

ようやく口を吞み食い以外のことに使う気になった大和に、朱里は少し考えて答えた。

「まあ、あの先生のことだから大事にはならないよ。せいぜいちょっときつい言葉で看護師さんか検査技師さんを叱っちゃったとかそんな程度。でも、些細《ささい》なことでも放っておいたら大きな問題になっちゃう。若い看護師さんならなおさら。だからさっさと戻ってフォローしたほうがいい、ってことで、超特急でサーブしました！」

「はあ……」

どこまで信じていいのだろう。こと大和に関しては、彼女の想像はすべてあたっていた。だから、あの医師についてもあたっているのかもしれない。だとしたら、やっぱり魔女としか思えないが、事細かに話さなくても状況を察して相応《ふさわ》しい対応をしてくれるのはありがたい。あの医師も、同じように感じているからこそ、忙しい合間を縫ってこの店にやってきているような気がした。

彼女が、というよりもコーヒーメーカーが淹《い》れてくれたカフェラテは、熱くて、泡がきめ細かくて、思った以上に甘みが強い。おそらくあらかじめ砂糖を、しかも多めに入れてくれたのだろう。ハムとチーズのロールサンドは特に工夫が凝《こ》らしてあるわけではなく、至って普通だが、それがかえって安心と懐かしさを連れてきてくれた。

「あなたもそれを食べ終わったら帰ったほうがいいよ。これ以上遅くなるとお母さんが心配するし、言い訳しづらくなる」

先生に質問していた、という言い訳を使うことまで見抜いているらしい。スマホの画面を確かめると、時刻はすでに十時半を過ぎている。両親は予備校が十時で閉まることを知っているから、質問させてもらっていたといっても十時半が限界だ。これ以上遅くなると、寄り道がバレてしまう。模試の結果だけでも最悪なのに、これ以上叱られる原因を増やしたくなかった。

ただ、もともと大和は猫舌で、熱いカフェラテをごくごく飲むことはできない。それも含んでの『食べ終わったら』だったんだな、と思っていると、洗い物をしていた朱里が不意に顔を上げた。

「あ、それとね。お母さんの気持ちも考えてあげてね」

「お袋ですか……」

ヒステリックな母の声を思い出しただけでうんざりする。あの声を聞かずに済むだけで、大和のストレスはかなり減るはずだ。父たちと違って、自分は医学部受験をしたこともないのに……と恨めしく思うぐらいだ。ところが朱里は、妙に母に同情的だった。

「お母さんは、うるさく言わざるを得ないんだよ。お嫁さんに来た人だもん」

「嫁に来たかどうかが関係あるんですか？」

「代々医者の家系で自分の息子だけが医者にならないとしたら、嫁のせいってことにされちゃいそう。お母さんはそれが心配なんじゃない？」

「まさか……父はもちろん、祖父や曾祖父だってそんなこと言いませんよ」

「事実は関係ない。お母さんがそう思っちゃってるのが問題。気が気じゃないんだよ、お母さんは。

でも自分にできることはなにもない。せいぜいご飯とか洗濯ぐらいで、ただあなたが頑張ってくれるのを祈るだけ」

「そう言われればそうかも……」

「おまけに息子は、模試の成績が悪くてもただへこむ、もしくはやさぐれるだけで、改善に向けて努力をする様子もない。そりゃ、金切り声も上げたくなるよ。きっと『なんかできることあるでしょ！』って言葉が喉元まで来てる。言ったところでなにも変わらないってわかってるから言わないけど、それが余計にストレスって感じかな」

「母の気持ちなんて考えたことありませんでした」

「あなたのおうちって、なんの迷いもなくお医者さんになった人ばっかりなんじゃない？　医者の家に生まれたんだから医者になる。あなたみたいに迷い出すのはある意味異端で」

「たぶん、そうなんでしょうね」

「誰も彼も疑いなく医学部を目指してお医者さんになる。それなのに自分の息子だけがふらふらしてるし成績もイマイチとなったら、お母さんは焦るよ。やっぱり育て方が悪かったのかしら、とか。だけど、本当に嫌ならちゃんと話したほうがいい。あ、でも話すなら、お父さんかお祖父さんのほうがいいかな」

「そうですかね……」

「絶対そう。お父さんやお祖父さんはなりたいと思ったからお医者さんになったはずだよ。大変な仕事だってわかってるからこそ、あなたが医者になりたくないっていうなら、その気持ちをわかってくれてお母さんにも話してくれるんじゃない？」

「そうかな……」

「本当にお医者さんになりたくないなら、ちゃんと伝えたほうがいい。でも……うーん……」

そこで朱里はいったん言葉を切り、大和の目をしばらく見つめたあと続けた。

「もうちょっと待ったほうがいいかな。あなた、気が変わりかけてるみたいだから」

「気が……？」

「あの先生みたいなお医者さんになりたい、って思ってない？」

思わずぎょっとした。

確かに大和は、進学先ではなく医学部に入ること、医者になること自体を迷っていた。しかも、今日ここに来たことで、やっぱり医者を目指そうかと思い始めていたのだ。

「おおあたりー！　やっぱり私、魔女なのかもー」

朱里は手を叩いて喜んでいる。さっきあの医師に言われたときはあれほど不快そうにしていたのに、と不思議そうにする大和に気づき、朱里はふふっと笑った。

「人から言われるのは嫌だけど、実はそのとおりってことあるでしょ？　私ね、昔から察しがいいって言われまくってたの。それこそ、魔女みたいともさんざん言われた。感じ悪いなあ、と思うけど、よく考えたら客商売をやるにはけっこういい武器なんだよね」

疲れて話をする気力すらないときでも、食べたいものがちゃんと出てくる。そんなカフェがあればいいのに、と思っている人は少なくないかもしれない、と朱里は言う。

「黙って座ればピタリと当たるカフェ、ちょっとよくない？」

占いじゃあるまいし、と言いかけたが、確かにそんなカフェがあれば使いたい人はたくさんいるだろうし、ここはまさに『そんなカフェ』だった。

「カフェ『ポラリス』はやめにして、カフェ『以心伝心』にでもしようかな」

「それはかなり……」

「いい？」

「ダサいです」

「わー、はっきり言うねえ！　でもいいことだよ。その調子でご家族とも率直に話してみて。これまでの気持ちも、変わりつつある気持ちも、全部吐き出したら相当すっきりすると思う」

「わかってもらえますかね……」

「だーいじょーぶ！　一周回って同じ方向に進むなら、ノープロブレム。それに多少紆余曲折があったほうがいいお医者さんになれる。壁にぶつかって、迷って、でもやっぱり乗り越えようって頑張る。きっとご家族だって応援してくれるし、支えてくれるよ」

一周回って同じ方向に進む、というのは言い得て妙だ。

大和は子どものころから丈夫で、ほとんど病院のお世話になったことがない。小学校の低学年ぐらいまではかなりやんちゃだったらしいが、大きな怪我もなく、せいぜい鼻風邪を引くぐらいで今日まで来た。予防接種や風邪のときも診療はもっぱら父か祖父だったから、よその病院にかかったことがない。さっき帰った男は、大和が初めてまともに接した家族以外の医師だった。

そしてその家族以外の医師は、妙に大和の気持ちを刺激した。朱里の言うとおり、今までなかった目標、こういう医師になりたい、という具体的な像が心の中に結ばれた気がするのだ。

「ここに来てよかった……」

「嬉しいことを言ってくれるわね。あ、でも正確にはここに来たことじゃなくて、ここであの先生に会えたこと、かな」

「どうだろ……ここでなきゃ、今でなきゃ、あんなふうに話すこともなかったんじゃないかな……」

「そうだね、一期一会《いちごいちえ》……。待てよ、カフェ『一期一会』ってのはどう？」

「けっこうありがちな名前ですけど……というか、店名を変える必要なんてあるんですか？」

「ない！」

そこで朱里は盛大に笑う。鈴を転がすような声という表現があるが、朱里の場合、巨大なカウベルを振り回したような声――かといって不快ではなく、ただ大きくて元気な声だった。

「どっちにしてもよかった。憧れの存在……っていうか、目標にする人がいるかいないかって、すごく大きいもんね」

「そうなんです」

「ふふ……じゃあ、ちょっと個人情報漏洩しちゃおうかな。内緒にしてね？」

朱里はそこで片方だけ唇の端を上げる。その表情はまさしく絵本に出てくる『魔女』みたいだった。

「あの先生、いくつだと思う？」

「三十五、六歳ですか？」

「ブ、ブー！　実は四十代、しかもすでにアラフィフ」

「えーっ⁉」

「びっくりよね。身体を鍛えまくって引き締まってるせいもあるけど、あの人、若くてイケメンに見えるように必死なの。お肌や髪の手入れとかも、かなり熱心にやってるよ。私なんかより高級な化粧水とかシャンプーを使ってる。トリートメントだって欠かさないんだって」

「なんで……」

医師に体力が必要なことはわかっている。けれどイケメンに見られたいというのは、かなり不思議だ。あの人がそんなことを考えるとは思えないが、モテたいにしても、医師であれだけいい身体をしていて、さらに性格がいいというか人徳もありそうとなったら、肌や髪など気にしなくても十分モテるのではないだろうか。

怪訝そうにしている大和に、朱里はクスクス笑いながら言う。

「変な人でしょ？　でも、あの先生に言わせると『イケメン医者は世界を救う』そうよ。見かけだけじゃなくて気持ちも合わせて」

「意味がわかりません」

「病院ってさ、あんまり行きたい場所じゃないでしょ？　ちょっとぐらい悪いところがあっても、これぐらいなら……って市販薬に頼っちゃう人も多いんだって。で、最初はなんとかなってても、そのうち抑えられなくなって、やむを得ず病院に来たときには症状はずっと悪化してる」

「病院嫌いの人ならそうなりそうですよね。ただ忙しくて行けない人もいるでしょうけど」

「でしょ？　そこでイケメン登場よ。お医者さんがイケメンなら診察を受けに来る患者さんが増えるんじゃないかって」

「マジで言ってるんですかね……」

あり得ない、と大和ですら思う。

飲食店や服飾雑貨、美容院とかならイケメン従業員がいるから、と選ぶことはあるかもしれない。

けれど、医師がイケメンだからと病院を選ぶ人がいるだろうか……

「いくら外見がよくても腕が悪けりゃ駄目なんじゃないですか？」

「あ、それは違うの。腕がいいのは当たり前。その上での付加価値。とにかく、どんな理由でもいいから受診してほしいってことらしいよ」

「でも、医者がイケメンかどうかなんて病院に来てみなきゃわからない……あ、再診の話？」

そういえばあの医師は循環器科だと言っていた。心臓や血管の病気は、一度の診療で治せるものではない。生活習慣指導を含めた経過観察が大事だろうから、適切な頻度で通院してもらう必要がある。通院動機としてイケメン先生に会いたいから、というのはあるのかもしれない。

大和の反応を見て、朱里が大きく頷いた。

「そう。それとあの先生、めっちゃ頑張ってイケメンの枠に潜り込んでるけど、かなり昭和風イケメンだと思わない？」

なんだかひどい言い方だが、朱里の言わんとすることはわかる。髪型といい、着ている服といい、今風とはかけ離れている。昭和風という表現がぴったりだった。

「確かに、今の流行とは違うかも……」

「あれもね、先生の計算」

「計算……あえて昭和風にしてるってことですか？」

「そう。あの先生の患者さんは圧倒的に昭和生まれの人が多いの。バリバリの今風だと眉を顰《ひそ》めちゃいそうな患者さんに好印象を与えるために、あえてあんな感じにしてるんじゃないかな。まあ、これは私の憶測だけど」

「根拠はあるんですか？」

「あるといえばある。前に、ここからずっと離れた駅であの先生を見かけたことがあるの。たぶん、非番だったんでしょうね。パンパンのエコバッグを持ってたから買い物中だったのかな。で、そのときの先生はちゃんと『今風』だった」

「病院に来るときだけ昭和風にしてるってこと？」

「そう。すごく変な考え方だけど、そんなことをやっちゃうぐらい一生懸命なのよ。なんとかして患者さんに適切な診療を受けてほしい、少しでもよくなってほしいって……」

「なんか……すごいです」

「ね……」

大和の父や祖父ですら、そんな努力はしていない。そんな暇があったら最新の論文でも読むと言うだろう。だが、一見的外れな努力でも、患者への気持ちはしっかり伝わってくる。その気持ちこそが患者を安心させ、病院に足を運ばせるのかもしれない。

「最新の知識もすごい医療器具も、患者さんが来てくれなきゃ使いようがない。正面玄関じゃないところから出ていく患者さんを見送るたびに、もっと早く来てくれてれば、とか、ずっと続けて受診してくれてれば……って思ってるんじゃないかな……」

「そういえばさっきも言ってましたね」

「うん。あの先生は大きな手術を担当することが多いのよ。当然難しいし、手術自体がうまくいっても予後が悪いこともある。患者さんの状態によっては、もう手術そのものができないとか悔しい思いをすることもあるんでしょ。馬鹿馬鹿しく見えても、裏口退院を少しでも防げるならあり」

「裏口退院……」

この人は言葉の選び方にかなり問題がある。それに客相手なのに友だちみたいな口調で話す。毒舌と言っていい表現も使う。大和は年下だからいいけれど、年上の客なら不快に思う人もいるだろう。それこそ、患者の年格好を考慮して、あえて昭和風のイケメンを目指すあの医師を見習ったほうがいいのではないか……

それでも……と大和はカウンターの向こうの女性を見る。

毒舌も友だち口調も気にならない。コーヒーメーカー任せの飲み物でも許せてしまうなにかが、この人にはある。いつもなら通り過ぎるか、向かいのコンビニに入ってしまう大和が足を止め、狭い階段を三階まで上ってきたのは、この人に招き寄せられたからかもしれない。

得体が知れないが、気味悪くはない。むしろ、ほっとするような雰囲気に大和は癒《いや》されていた。

「医者ってそこまで考えなきゃいけないんですかね……」

「人それぞれじゃない？　考える人は考える。考えない人は全然考えない。でも、どうせなら考えるほうがいいでしょ。あなたも、できればそういうお医者さんになってほしいな」

「なれますかね……模試がE判定なのに」

「E判定でも可能性はゼロじゃないよね？　受験本番まであとどれぐらい？」

「二ヶ月弱かな」

「上等。死ぬ気で頑張ればなんとかなる！」

「死ぬ気……」

「それと、あとひとついいこと教えてあげる」

「なんですか？」

「さっきの先生、血が苦手なんだよ」

「医者なのに⁉」

「そう、メスで切りまくり、血を見まくりの手術医。それもあの先生の努力の結果。めちゃくちゃ頑張って慣れたんだって。学生時代は派手に血を浴びる夢を見てうなされたとも言ってたし、未だにやっぱり苦手は苦手だそうよ」

「それでよく手術なんてできますね……」

「逆手に取ってるんだってさ。血が苦手だから、出血させないように細心の注意を払ってる。俺ほど患者に出血させない医者はいないって威張ってた」

「すごいですね……」

「ねー。だから、あなたも大丈夫」

「あなたも……？」

「苦手でしょ、血が？」

「そう……なの？」

カップを手にしたまま固まった大和を見て、朱里が噴き出した。

「自分では気づいてなかったの？　あの先生が手術してきたって言ったとき、あなたはものすごく怯えた顔になったよ。循環器科だって聞いたらさらに。カツ丼の卵だけじゃなくてステーキもしっかり火が通ったのが好きだっていうのも、血が滲《にじ》むのを見たくないから。もっと言えば、ナポリタン用のウインナーって言ったときも目が泳いでた。あれも、もしかしたら赤いウインナーかもって思ったんじゃない？」

「実は……。喫茶店のレトロなナポリタンって、あえて赤いウインナーを使ってることがありますよね。前もそういうのにあたっちゃって、どうしても食べられなくて……」

「それもこれも赤、つまり血が嫌だからってことなんじゃないのかな」

「そうかも。前はここまでじゃなかったんだけど、なんかどんどんひどくなって……。あと、救急車も苦手なんですけど、あれも真っ赤な回転灯が血を連想させるからかもしれない」

「そこまでかあ……」

朱里が、感心と同情が入りまじったような表情で大和を見た。そしてしばらく黙っていたあと、一際明るく言った。

「大丈夫、克服法はきっとある。あの先生だってちゃんとお医者さんやってるんだもの。それに、ほかにもあの先生とあなたの共通点があるの。あの先生もね、どうしてもお医者さんになりたくて、でも全然受からなくて二浪」

「うわ……まるで俺だ」

「でね、三年目はとにかく受けられるだけ受けまくって、たったひとつだけ合格したそうよ。そのあとは必死に頑張って留年なしに国試に受かって、今じゃ循環器科にこの人ありって名物ドクター。大事なのはめげない心」

「たったひとつ……それってどこの大学だったんだろ……」

「今勤めてる病院の系列大学だったはず」

「今勤めてるのって、すぐそこの病院ですよね？　親父たちと同窓ってこと？」

「うーん……系列にもいろいろあるから……」

言葉を濁すところをみると、あの医師が学んだのは父たちと同じ大学ではなかったらしい。それでもあの病院に勤められているとしたら、かなり優秀に違いない。

以前、父から聞いたことがある。同期にもそこの病院に勤めている人間が何人かいるが、どれもこれも優秀を絵に描いたような人ばかりで、今も熱心に治療に臨む傍ら稀有な臨床例を学会に報告しまくっているという。父はもともとその病院に入る気はなかったが、入ろうとしても入れなかっただろうと言っていたほどだ。ましてや『系列』にすぎない大学から入るのは至難の業だったはずだ。それでも諦めなかったなんて……

外から入局するなんてすごい、と感心する大和に、朱里も頷きつつ言った。

「大学の合格通知をもらったとき、めちゃくちゃ嬉しくて死ぬ気で頑張ったんだってさ。で、循環器系を極めるならこの病院って狙いを定めて、ありとあらゆる努力をしたそうよ。先生たちが出入りする研究会や講演会にもせっせと出席して人脈も作ったって」

「研究会や講演会まで……」

「やるとなったらとことんなのよ。で、あなた、そんな先生の後輩になってみたくない？　お父さんやお祖父さんに本気であの先生の母校を受けたいって言ってみたらどうかな？」

彼は循環器科にこの人ありと言われるほどの医師だ。医師ばかりの家族なら誰かはあの先生の名前を知ってるはずだ。実名を出して、この人みたいになりたいと言えば、志望校変更を認めてくれるのではないか。なんならふたつとも受験すればいい。片方しか受からなければそちらに行けばいいし、両方合格した上で、それでもこっちに行きたいと言えば認めてくれるに違いない、というのが朱里の意見だった。

「あの人の後輩……」

悪くない。いや、悪いどころじゃなくて是非そうなりたい。

父や祖父、曾祖父を尊敬していないわけではないが、初めて個人的に接した医師はバイタリティーと患者を救いたいという気持ちに溢れていた。しかも自分と同じように、血が苦手という医者としての最大の弱点を克服して……

できれば自分もあの医師のように弱点を克服し、まだ出会ってもいない患者のために努力できる人間でありたい。家族の期待としがらみに喘いでいた心が、少し軽くなった気がした。

「俺もあの人みたいになりたいな……」

さっきは『なれるかな……』という疑問だったけれど、あの医師の頑張りを知って、行方不明だったモチベーションが戻ってきた。我ながら、なんて単純なんだと呆れるが、予期せぬ出会いはそんな力を持っている。さらに、あけすけに言えば父たちの母校よりも、あの先生が出た『系列大学』のほうが少しだけ入りやすい。死ぬ気で頑張れば、なんとかなりそうな気がする。

朱里の声にさらに力がこもる。

「だからなれるって！　お医者さん志望なのに血が苦手で二浪。カツ丼の好みも一緒。ここまで似てるんだから間違いない。私を信じて。あと何年かしたら、あなたとあの先生が交代でうちにご飯を食べに来てる」

「カツ丼は関係ないでしょ……でも、俺もあそこで働くことになるんですか？　家が病院なのに？」

「お医者さんはインターンとかあるよね？　附属病院に行くこともあるはず。指導医があの先生になったらちょっとよくない？　たぶん研修に行くまでには、血が苦手ってのもなんとかなるとは思うけど、駄目だったとしてもあの先生ならわかってくれるし、なんなら対策を教えてくれるかも」

「それは……すごくいい」

「安心だよね。ま、とりあえずお父さんたちに話す、それから入試。どっちも頑張って！」

何度目かのエールを受け、大和は『ポラリス』をあとにした。


午後十一時、大和は自宅に帰り着いた。

自宅と同じ敷地に立っている病院は『竹田クリニック』という看板がライトアップされているだけで、明かりはすっかり消えている。自宅ですら明かりがついているのはリビングのみで、大和を待つ母以外の家族はもう眠りに就いている。

今ごろ、あのカツ丼を平らげて帰っていった医師はなにをしているのか。朱里の言うように、若いスタッフのフォローをしている、あるいは仮眠でも取っているのだろうか。あの病院は救急指定になっているから、夜中でも患者が運ばれてくる。仮眠中に起こされることなど日常茶飯事のはずだ。

大和の家族のモットーは早寝早起きで、健康維持には有効に違いない。だが、それは規則正しい生活が許されるからこそで、あの医師とは無縁の話だろう。すでに深い眠りの中にいる父や祖父を思うと、同じ医師でもこれほど違うのかと考え込んでしまう大和だった。

玄関に入って靴を脱いだところで、スリッパの音が聞こえてきた。

音がしないように極力そっと開けたつもりだったけれど、母は気配を察して出てきたのだろう。

「おかえり。遅かったじゃない」

「うん……ちょっと寄り道してた」

本当は予備校で質問をしていたと言うつもりだった。けれど、朱里にお母さんとちゃんと話したほうがいいと言われたことで気が変わった。正直な気持ちを話そうとしているのに、嘘から入るのは違うと思ったのだ。

叱られるのは覚悟の上だったが、母は予想以上に裏返った声を出した。

「寄り道⁉　こんな時間にどこに⁉」

「予備校の近くのカフェ」

「カフェ⁉　あんた、そんな余裕あるの⁉　そんな時間があったら……」

「寄ったって言っても三十分もかかってないよ。あまりにも寒かったし、ちょっと気持ちを切り替えたくて……」

上目遣いに大和を見た母が、深いため息とともに言う。

「テスト……あまりよくなかったのね」

中学三年の夏に母の背を追い越してしまったあと、何度となくこんなふうに様子を窺《うかが》われている。おおむね成績、とりわけ模試の結果が出たときばかりだから、言葉にしなくても結果を察することができるようになったらしい。そしてやってくるのは、上目遣いとはほど遠い叱責だ。だが、それも今日で終わりにできる。なぜか大和にはそんな確信があった。

「はっきり言って最悪。D判定がE判定になった。合格可能性は二十パーセント。それで、こんなことを言ったらがっかりさせるかもしれないけど、志望校を変更したいんだけど」

「それは駄目よ！　いくら成績が伸びないからって最後まで諦めちゃ……」

「あ、ごめん。変更じゃなくて増やしたい、だった」

「増やす？　滑り止めってこと？」

「うーん……まあそうかな。実は、今日寄ってきたカフェでお医者さんに会ったんだ。予備校の近くの病院の循環器科に勤めてるって言ってた。すごくエネルギッシュで魅力的な人で、こんな医者になりたいって思った」

「……お父さんたちみたいにはなりたくないってこと？」

「そういう意味じゃないんだ。お父さんたちはお父さんたちで尊敬してる。でも……」

うまく言葉にできない自分に苛立ちながらも、大和は懸命に話し続けた。

朱里は、まずお父さんたちに、と言ったけれど、大和が一番心配をかけているのは母だ。それがわかった以上、やはり向き合うべきは母だと思ったのだ。

しばらく話をしたあと、母はようやく頷いて言った。

「要するに、そのお医者さんが大和の理想像で、その人の母校で学びたいってことね？」

「そうなんだ」

「逃げでも諦めでもない？」

「違う。これから本番まで死ぬ気で頑張る。模試の解き直しはもちろん、過去問も何度でも繰り返す。計算練習も真剣にやってくだらない失点をなくす」

「あ、あら……」

母が心底意外そうな顔になった。

浪人してから、大和は悪かった模試の結果を具体的に口にすることはなかった。母につきまとわれた挙げ句、やむを得ず成績票を放り投げるように渡すのが常で、それを踏まえて今後を語ることなどなかった。その大和が、結果は最悪だがこれから頑張ると言った。それどころか計算練習――今まで、単なるミスで理解してないわけじゃないと自分を甘やかしてきた問題点にも、真剣に立ち向かうことを宣言した。

母にしてみれば、喜びよりも驚きが先に立ったに違いない。

「俺、今まではそういう受験テクニック的な部分を馬鹿にしてた。馬鹿にしてたっていうより、そんなの使って合格したって仕方がないって……でも違うんだよね。合格するためには、できることはなんでもやらなきゃ」

「そう……ね」

「父さんたちの母校も受ける。でも、駄目だったとき、もしくは両方受かったとしても、父さんたちの母校には行かないかも」

「両方受かったとしても？」

「うん。まあ、そんなにうまくはいかないだろうけどさ。でも選べる立場になったとしても、あの先生の母校を選びかねない。それぐらい魅力的な人だったんだ」

そして大和は『ポラリス』で出会った医師の話を母に詳しく聞かせた。さらに、その医師は血が苦手で、自分も同じ悩みがあるという事実についても……

「血が苦手……やっぱりそうだったの……」

「やっぱりって……母さん、気づいてたの？」

「なんとなくね。だって台所で魚を捌《さば》いてたり、まとめ買いしたお肉を冷凍しようと仕分けてると、すごい勢いで逃げていくじゃない。焼き肉もステーキも赤いところが完全に消えるまで焼くし、この間、お母さんが包丁で手を切ったときなんてあんたのほうが真っ青になってたわ」

「……確かに。でも俺、自分では気づいてなかったんだ。今日行ったカフェの人に指摘されて気づいた。その上で、あの先生が克服できたんだからなんとかなるって励ましてもらった」

「そう……」

母はしばらく黙って考え込んでいた。

今までろくに話もしなかった息子がいきなり決意表明をした。しかも、父たちの母校以外に進学したいという竹田家にとってまったく望ましくない意見である。それでも、なんとかわかってほしいという強い気持ちは伝わってきたし、死ぬ気で頑張るという言葉にも嘘はなさそうだ。

その医師の母校を受験することでモチベーションが上がれば、夫の母校にも合格できるかもしれない。E判定とはいえ合格できる可能性はゼロではない。それならとりあえず応援しよう。あとのことはそれからだ――

なんとかそんなふうに思ってくれないか、と大和は母の言葉を待ち続ける。数分後、母が顔を上げて言った。

「わかった」

「え？」

「受験するのは大和だもの。志望校も進学先も自分で決めるべきなのよね。是が非でもお父さんたちの母校に、なんて無理強いして悪かったわ」

「それは俺も悪いよ。行きたくなきゃ、辞退するって手もあるんだから。受かって行かないのとそもそも受からないじゃ、話が全然違う。そりゃお母さんだって、いとこたちはみんなスムーズに合格しているのになんでうちの子だけ？　って焦るだろうし、情けなくもなるって」

「意外……あんたがそんなことを言うなんてね」

「だろうね」

改めて母の顔を正面から見つめる。現役のときに不合格になって以降、目をそらしてばかりでまともに顔を見なかった。久しぶりに見た母はずいぶん老け込んだようだ。目尻や口元に、母の苦悩が刻まれている気がする。

これまで母の気持ちなんて深く考えたことはなかった。

現役時代の成績から考えればストレートで医学部に入れるとは思っていなかっただろうが、二年続けて不合格になるとも思っていなかったはずだ。

朱里に言われて気がついた。自分ではなにひとつできない。ただ大和が頑張ってくれることを祈るだけ……そんな生活が三年近く、不安はいかばかりか。模試の成績が下がりっぱなしになった日には、ヒステリックな声も上げたくなるというものだろう。

「今日行ったカフェの人に言われたんだ。お母さんの気持ちも考えてみて、って……」

「そんな話まで……なんかすごいカフェね」

「すごいっていうか、ちょっと不思議な感じ。たぶん運命的な出会いってやつだと思う。あ、でもちゃんと飲み物も料理も美味しかったよ」

「料理？　なにを食べてきたの？」

「ロールパンサンド。玉子とハムチーズ。塩加減が絶妙だった」

「ロールパンサンド……なんだか懐かしいわね」

「例の先生はカツ丼食べてた。それもすごく旨そうだったよ」

「ますます気になるわね。いつか行ってみたいわ」

「受験が終わったら一緒に行こうか？　合格祝いにさ」

母はなんだか泣きそうな顔で小さく頷く。

「楽しみにしてる。これからまだ勉強？」

「もちろん」

「そう。じゃあ頑張って。風邪を引かないようにね」

「了解」

いつもなら『これ以上どう頑張れって言うんだよ！』とムカつく言葉も、今日は素直に聞ける。

まるで、全体がミシミシと軋《きし》んでいた機械が調子を取り戻したみたいだ。おそらく『ポラリス』での出来事が機械油の役割を果たしてくれたのだろう。あるいは、自分でも気づかないうちに外れかけていた歯車を、朱里が元の位置に押し込んでくれたのかもしれない。

いずれにしてもこれで大丈夫。母の声も表情も、今までよりずっと柔らかい。母の口から『風邪を引かないように』なんて言葉を聞いたのは久しぶりだ。正面から向き合って話したことで、三年近くかけて凝《こ》り固まった母の心も緩んだのだろう。

医者になりたい。家が病院だからではなく、あの先生のような医師になってたくさんの患者を救いたい。そんな気持ちが湧いてくる。

今年こそ合格をつかみ取る、という決意も新たに大和は自室に続く階段を上った。

妻の決断

――もう、うるさいわね！

午後十時四十分、斉藤果穂《さいとうかほ》は改札を抜けたところで軽く舌打ちをした。否応なく目に入ったスマホの画面には、二桁に上る着信通知が表示されている。

家を出てから今まで何度となく振動が着信を伝えてきていたが、バッグから出すことすらしなかった。だが、果穂はスマホアプリ連動のＩＣカード乗車券を使っているため、運賃を精算するにはスマホをかざす必要がある。やむなく取り出して改札を通り、邪魔にならない壁際に寄ったところでＳＮＳアプリを開く。『恭平《きょうへい》さん』というタイトルの下に、夫からのメッセージが延々と並んでいた。

『今どこ？』

『どこ？』

『連絡して』

『いつ帰ってくるの？』

まだまだメッセージは続く。

既読マークすら付かない状態で放置され、さすがに気が気じゃないのだろう。最初は十五分とか十分おきだった送信間隔が徐々に狭まり、直近は三分おきになっている。メッセージを確認したことで既読マークが付いてしまったことが悔しい。もっともっと心配させてやりたかったのに、と思っていると、また振動が着信を知らせた。

確認はしたものの、返信する気はない。果穂の怒りはまだまだ収まらない。このまま朝まで心配し続けていろ！　とばかりにスマホをバッグに突っ込み、果穂は出口に向けて歩き出す。ただし、いつもとは反対側の出口だった。

——へえ、こっちはこんなふうになっているのね……

この駅は勤務先の最寄り駅なので、平日であれば毎日のように利用しているが、こちら側に出たのは初めてだ。いつもの出入り口に比べると利用者はうんと少ないが、それはきっとこちら側にある施設のせいだろう。いつも使う出入り口側には大きなショッピングモールがあり、この時刻でも営業している映画館やスーパー銭湯に向かう人が多い。対してこちら側にあるのは商店街と病院、しかも商店街は昔ながらのもので、商いをやめてしまった店も多いと聞いている。

夜中に病院に行く患者は少ないし、いるとしても自家用車、タクシー、あるいは救急車のお世話になるはずだ。スタッフは電車を使うかもしれないが、何十人という数ではないし、夜間こちら側の出入り口を利用する者はほとんどいない、というのが現状に違いない。

それでも、果穂はあえてこちら側に出た。それは、普段とは違う風景が見たいという思い、そしてこちら側にあるビジネスホテルに空室を見つけたからだった。

――今まではホテルを使うときは前もって予約してたけど、案外当日でもなんとかなるものね。おまけに安かったし！

果穂が見つけたのは、一泊四千円のホテルだった。普段なら一泊七千円から一万円ぐらいのホテルが当日限定プランで安くなっていた。サイトを確認したら、多少部屋は狭いにしても上質のベッドが使われていて、朝食も無料で付いていた。

職場にも近いし、寝るだけなら狭くても関係ない。ファミレスやカラオケボックスで夜を明かすよりずっといい、と予約を入れたのだ。

ホテルは駅から徒歩一分、ロータリーを半分回ったところにあった。

果穂は旅行好きで、結婚するまではいろいろなホテルを利用していたが、こんなに遅い時刻にチェックインしたことはない。夜中はフロントに誰もいないことが多く、チェックインのために出てきてもらうのは気の毒だなと思っていたら、玄関を入ったところにオートチェックインの機械が据えられていた。タッチパネルで操作して手続き完了、下の取り出し口からカードキーが出てくる。

フロントは無人だったが、まったく支障はない。結婚してから三年の間に、ホテルもずいぶん変わったようだ。

部屋はどこだろうと思っていると、領収書と一緒に出てきた紙に『三〇五』と記されている。エレベーターで三階に上がり、三〇五号室にカードキーをタッチすると緑のランプがともった。素早くドアを押し開けて中に入り、バッグを椅子に放り投げてベッドにダイブする。

「うー、これよ、これ！」

つい大きな声が出てしまったのは、あまりにも久しぶりの状況に興奮していたせいだ。

結婚するまでは、年に二度……いや三度は旅に出ていた。友だちと一緒のこともあったが、それはひとりでは割高、かつ受け入れてもらいづらい温泉旅館を利用するためで、基本的にはひとり旅。そして、チェックインしてまず確かめるのはベッドの寝心地だった。

今日の疲れを癒《いや》し、明日の活力に変えるためには寝心地のいいベッドはなくてはならない。本日の果穂の疲れは最高級のベッドでも癒せそうにないけれど、それでも寝心地がいいに越したことはない。心は無理でも身体だけでも……と願わずにいられなかった。

――あーやっぱりこのベッドは最高。このメーカーのベッドが使われてるかどうかをホテルを選ぶ基準にしてただけのことはあるわね！

そこまで考えたとき、不意にお腹が鳴った。

そういえば夕食を取っていない。あまりにも駅に近すぎてそのままホテルに来てしまったが、コンビニにでも寄ってくればよかった。なにか食べるものとビール、もしくは缶酎ハイでもあれば、少しは気分が上がるだろうに……

なんとかこのまま眠らせてもらえないか、とお腹の虫に相談してみたが、彼は黙ってくれない。

彼と決めつけたけれど、この食への執着は彼女かも……と思いつつ起き上がり、放り投げてあったバッグから財布とスマホを取り出してコートのポケットに移す。寒いのは苦手だがポケットの大きなコートの存在はありがたい。いつもは重いバッグを持っているから、たとえコンビニに行く間だけでも手ぶらで歩けるのは嬉しかった。

ドアの脇のポケットからカードキーを引き抜き、これもポケットに突っ込んで部屋を出る。

そういえば通勤で使っている出入り口近くにはコンビニが数軒あるけれど、こちらにもあっただろうか……

不安を覚えつつ外に出てみると、やはり駅前にコンビニらしき看板は見えない。やむなく商店街に向けて歩き出す。病院の近くまで行けばコンビニの一軒ぐらいあるだろう。

歩くこと五分、果穂はようやくコンビニを見つけた。

ただし、商店街にありがちな小規模コンビニで、入ってはみたもののお弁当やおにぎりの棚は空っぽ。人通りの少なさから考えても夜中に商品補充があるタイプの店とは思えない。あるとしたら夜明け間近、それまでこの棚は空っぽの状態が続くに違いない。

ホテルに電気ポットはあったから、カップ麺でも買っていこうか。濃い味付けのカップ焼きそばなら酒のつまみにもなる。あとは雑誌か文庫本でも買っていこう。近頃すっかりご無沙汰だけど、こんな気分のときはスマホをいじるより紙の本のほうが落ち着く。まずは本を決めてから、と書籍コーナーを物色し始めた果穂は、ふと目を上げてぎょっとした。

ガラス張りの壁の向こうを通り過ぎる人がいる。しかもそれは、果穂が非常によく知っていて、今一番会いたくない女性だ。そういえば、彼女の家はここから徒歩圏内だ。深夜だから大丈夫だと思っていたが、散歩でもしていたのだろうか……

幸い彼女はこちらを見ていない。どうか見つかりませんように、店の奥に入ろうとしたところで、女性がいきなりこちらを向き、バッチリ目が合ってしまう。

果穂を認めたとたん、女性の口が『あ』の形になった。彼女はそのままコンビニに入ってきたかと思うと、やけに嬉しそうに話しかけてきた。

「こんなところで会うなんて奇遇ね！　会社帰り……じゃないわよね？　果穂さんの会社、反対側だし、こんな時間まで働かせるほどブラックじゃないし」

「はい……」

「だとしたら……まあいいわ、とりあえず出ましょ」

「でも、私、買い物が……」

「そんなのあとでいいじゃない。コンビニなんていつだってやってるんだから」

腕を引っ張るように連れ出されても、文句ひとつ言えない。なぜなら彼女は夫の母、果穂にとって姑《しゅうとめ》にあたる人だからだ。

「お、お義母さん、どこへ……!?」

義母――斉藤詩織《しおり》は向かいのビルに入っていく。問答無用の様子で、果穂はついていくしかない。

そのまま狭い階段を三階まで上がり、ようやく詩織が足を止めたのは古めかしい木のドアの前だった。

「さ、入りましょ！」

中の様子がまったくわからないにもかかわらず、詩織はためらいなくドアを開ける。きっと何度も来ている店なのだろう。案の定、元気な女性の声が聞こえてきた。

「あ、詩織さんだ！　いらっしゃいませ、カウンターへどうぞ！」

「はい、こんばんは。朱里ちゃんはいつも元気ねえ」

「それだけが取り柄ですから！」

「だけってこともないでしょ。さ、果穂さん、奥へどうぞ。隅っこのほうが落ち着くのよね？」

果穂は半ば押し込まれる形でカウンターの一番奥の椅子に座った。続いて、コート掛けなんてないから、上着は足下のカゴに入れちゃって、と指示されて驚きが隠せなくなる。あまりにも勝手知ったる様子で、家が近いとはいえ、こんな遅くにやっている店の馴染みになっているなんて思いもしなかった。

店主らしき女性が、水のグラスをふたりの前に置きながら言う。

「珍しいね、詩織さんがお連れさんと一緒なんて」

「朱里ちゃん、一緒だからお連れさんっていうのよ」

「あ、そっか。さすが国語の先生!」

「国語の先生じゃなくても、それぐらいは常識よ」

「ごめんなさい。私、その『常識』っていうのがちょーっと……」

「まったく……でも、あなたのそういうところがいいのよね。なんだかほっとする」

「先生って賢い人ばっかりだもんね。詩織さんの学校、偏差値が高いから生徒もお利口さんばっかりだし!」

「それはそれでいろいろ大変なのよ」

「でしょうね。で、こちらも先生?」

そこで朱里と呼ばれた女性が果穂を見た。少し首を傾げているのは、果穂が先生には見えないからだろう。詩織が笑いながら答えた。

「違うわよ。この人は私の娘」

「娘さん⁉」

「とはいっても義理の娘だけどね」

「でも詩織さん、再婚じゃないよね？　まさか旦那さんの隠し子⁉」

「なんでそうなるのよ。義理の娘って言ったら普通は息子の奥さんでしょ」

「それは普通じゃないよ。そういうときは『嫁』って言うでしょ」

「嫁！」

詩織が勢いよく鼻から息を吐く。こんなに絵に描いたような『鼻で嗤《わら》う』を見たのは初めてだった。

「やめてよ、『嫁』なんて一番嫌いな言葉よ。自分が言われるのも、誰かが呼ばれるのもいや。この人は息子と結婚しただけで、家の女になったわけじゃないわ」

「お姑《しゅうとめ》さんのほうがそういうこと言うの珍しいよ。まあいいわ、わかった。とにかく娘さんね」

「そういうこと。えーっと、なにか温まる飲み物をいただこうかな」

「『温まる飲み物』ってことはお酒か。コーヒーとか紅茶なら『温かい飲み物』って言うし」

「正解。たまには外でお酒もいいでしょ」

「これまた珍しい。まあ、今日は寒いもんね」

「とにかく私にはお酒」

「ビールとか酎ハイ……は違うか。あ、カルーアミルクは？　ホットミルクで作れば温かくて温まる飲み物になるよ」

「グッドアイデア！　じゃあ私はそれ。果穂さんは？」

詩織は当たり前みたいな顔で訊ねてくるが、初めて来た店でメニューも見ずに答えられるわけがない。それに今の果穂は飲み物よりも食べ物が欲しい。幸い今まで静かにしていたが、そのまま寝るという判断を許さなかったお腹の虫が今にも大騒ぎを始めそうだ。

どこかにメニューはないか、と思ってキョロキョロする果穂を見て、朱里がさらりと言った。

「詩織さん、娘さんはお腹が空いていそう。もしかしたら、まだ晩ご飯を食べてないんじゃない？」

「え、そうだったの？　それでコンビニに？」

黙って頷くと、朱里がクスクス笑いながら言った。

「詩織さん、コンビニで娘さんを拉致《らち》したの？　それって営業妨害じゃない」

「だって、今日は誰かと話したい気分だったんですもの。朱里ちゃんと話そうかなと思って来たんだけど、よく考えたらほかのお客さんがいるかもしれないし、話し相手は自前で用意するに越したことはないなって」

「それで用意されちゃったのが娘さん？　なんかお気の毒」

「いえ、私は別に……」

言いたい放題言われている詩織が気の毒になって、つい口を挟んでしまった。けれど当の詩織はまったく気にするふうもなく言う。

「お夕飯がまだならちょうどよかったわ。ここのご飯、とっても美味しいのよ。選択肢はあんまりないけど。朱里ちゃん、今日はなにができるの?」

「洋食セットはビーフシチューと温玉サラダ、和食セットは鮭のホイル蒸しと舞茸ご飯でーす」

「あら、素敵! 果穂さん、どっちにする?」

鮭のホイル蒸しと舞茸ご飯は理想的な組み合わせだが、ホイル蒸しの作り置きなんて聞いたことがないから、出てくるのに時間がかかりそうだ。究極の空腹を抱えている身としては、温めるだけで出てくるビーフシチューにすべきだろう。

ところが、洋食セットを……と言い出す前に、朱里がクッキングシートのケースを手に取った。

「ホイル蒸しのほうが良さそうだね。大丈夫、うちのはホイル蒸しといってもクッキングシートを使うから、レンジに放り込んであっという間にできちゃうよ」

「クッキングシート! それは考えたわね!」

「でしょ? 動画サイトでやってたのをパクったの。出来映えはアルミホイルを使ったのと大差ないし、オーブンを予熱する必要もない。鮭を小さく切り分ければ、五分で出来上がるよ」

「じゃあそれを!」

ホイル蒸しがレンジでできるなんて思いもしなかった。しかも五分で出来上がる。それなら、お腹の虫も我慢してくれそうだ。

「やっぱり秋や冬は鮭が美味しいよね！　お鍋もいいけど、ホイル蒸しはお手軽で最高！」

「とかなんとか言っちゃって、ビーフシチューが食べたい人には『シチュー最高！』って言うんでしょ？」

「もちろん。『ポラリス』はなんでも最高。便利クッキング用品使いまくりで、飲み物だってコーヒーメーカーに任せっきりだけどね！」

詩織に冷やかされても、朱里は平然としている。見たところ果穂と同い年ぐらいだけれど、カウンター席しかないカフェとはいえ店主なら一国一城の主に違いない。誰かになにかを言われるたびに、過剰とも思える反応を示してしまう果穂とは、腹の据わり具合が違うのだろう。

話している間も朱里の手は止まらない。

あらかじめ切ってあった鮭を三切れ、その上にタマネギ、シメジ、エノキダケを盛り上げて、塩、胡椒《こしょう》をパラパラ……最後に輪切りのピーマンをのせてクッキングシートを閉じる。アルミホイルを使う場合、破れないよう細心の注意を払わなければならないが、クッキングシートは強度がかなりあるからその必要もない。三つ折りにして、昔ながらのキャンディーの包み紙みたいに両側をぐいっと捻ってしまいだった。

「いってらっしゃーい！　早く帰ってきてね！」

耐熱容器の上にのせたホイル蒸しならぬクッキングシート蒸しをレンジに放り込み、朱里は軽く手を振った。動画サイトでときどき目にする仕草だけど、あれは演出のひとつだと思っていただけに、実際にやっている人がいるのは驚きだった。ただし、動画配信者たちは『いってらっしゃい』は言っても『早く帰ってきてね』なんて言わない。これは朱里のオリジナルなのだろう。

極限の空腹状態である果穂にとっては、早く出来上がるのは嬉しい限りだが、やっぱりちょっと変わった店主だと思ってしまう。そういえば義母も、ちょっと変わったところがある。教師にしては大胆というか、珍しい価値観を持っている。だからこそ義母はこの店主を気に入り、馴染みになるほど通っているのかもしれないけれど……

鮭に『いってらっしゃい』をしたあと、朱里は後ろにあったコーヒーメーカーにカップをセットした。詩織はカルーアミルクを頼んだはずなのに、と思っていると、朱里はさらに冷蔵庫から牛乳が入ったボトルを出す。

詩織が驚いたように訊ねた。

「ホットミルク、それで作るの？」

「そうよ。このコーヒーメーカーを使うと熱すぎず冷たすぎず、いい感じのホットミルクができるの。カルーアミルクにしたらすごく美味しいと思う」

「思うって……まさか、やったことないとか？」

「何事にも最初はあるでしょ」

「えー、じゃあ私が実験台？」

「大丈夫。美味しいに決まってる。私を信じて！」

相変わらず軽い調子で言うと、朱里はコーヒーメーカーのボタンを押す。シュワーッという蒸気が抜ける音がしたあと、カップにホットミルクが溜まり始めた。

ホットミルクができるのを待って、金属の取っ手が付いたホットカクテル用のグラスに注ぎ込む。あらかじめカルーアミルクの原液を注いでいたから、これでカルーアミルクは出来上がりだ。

はいどうぞ、と詩織の前にグラスを置くと同時に、レンジが『ピッピッピッ』と出来上がりを知らせる。なかなか見事な時間配分だった。

「はーい、ホイル蒸し出来上がり！　熱いから気をつけて」

萩焼《はぎやき》らしき茶色の角皿にクッキングシートの白が映える。早速開けてみると青々としたピーマン、その下にたっぷりの茸とタマネギが見える。鮭はまったく見えないが、主役に辿り着く前にしっかり野菜が食べられるのは嬉しかった。

「マヨネーズとポン酢、どっち……あ、両方か」

またしても勝手に答えを決めて、朱里は小皿に絞ったマヨネーズと、ポン酢が入っているらしき醤油差しを出す。

ホイル蒸しを作るときにあらかじめマヨネーズを絞って加熱するやり方もあるらしいが、果穂は断然『あとのせ派』だ。加熱したマヨネーズが許せるのはトーストまで、あとは全部あとから付ける。お好み焼きを食べるときですら、お好み焼きの上に絞るのではなく、皿に絞ったマヨネーズを付けながら食べるほどだ。この店のホイル蒸しは、そんな果穂の好みにぴったりだった。

詩織が不思議そうに訊ねた。

「前に誰かが食べてるのを見たことがあったけど、マヨネーズはあらかじめ絞ってあった気がするわ。でも、今日は別添えなのね」

「前っていつ？」

「二ヶ月ぐらい前？　確か私よりちょっと上ぐらいの男の人が食べてた」

「ああ、あのときね。あの人は焼いたマヨネーズが大好きなの。いつもこれでもかってぐらい絞り込んでしっかり火を通してる。なんかね、油と卵が分離しかけて酸味が飛んだマヨネーズがお気に入りなんだって。変わってるよね」

「なんか、身体に悪そうねえ……」

「うん……正直、それは気にならないでもないけど、食べたいものを食べてもらうのが『ポラリス』だし」

「なるほどね。で、どうして果穂さんには別添え？」

「だってそのほうがいいような気がしたんだもん」

理由なんてないよ、と朱里は身も蓋もない返事をし、ちょっと心配そうに果穂に訊ねた。

「嫌い……じゃないよね？」

「全然。むしろありがたいぐらいです。焼いてないマヨネーズとポン酢を合わせて付けて食べるのが好きですから」

「よかった！　じゃあ冷めないうちにどうぞ。今、舞茸ご飯も出すね。お吸い物も！」

和食セットというならば、全部まとめて出してもいいようなものだが、とりあえずホイル蒸しを出したのは、出来立てを一刻も早く食べてほしいという思いからだろう。

いろいろ変わったところはありそうな店主だが、料理にかける思いは本物のように思えた。

レンジで加熱したせいか、タマネギがものすごく甘い。シメジもエノキもいい感じにシャキシャキだし、鮭にはしっかり脂《あぶら》がのっている。もしもマヨネーズをのせて焼いたら、脂っこくなりすぎるかもしれない。ポン酢だけでも十分美味しく食べられそうだが、ホイル蒸しにはマヨネーズが欠かせない果穂としては、最高の配慮だった。

「おいしい？」

カルーアミルクをゆっくり啜っていた詩織が訊ねてくる。無言で頷く果穂に、詩織は破顔一笑だった。

「食べる以外に口を使うのがもったいない、って感じね。気に入ってくれたようでよかった。ね、朱里ちゃん」

「ほんと。まあ、気に入るように作ってますから当たり前ですけどね」

「だからーどうしてあなたはそんなに自信たっぷりなの！　日本人なんだから謙譲の美徳とか……」

「謙譲の美徳なんて昭和の遺物。平成生まれの私には関係ありませーん！　それに今は国際社会なんだから、譲ってばっかりじゃ世界の隅っこに追いやられちゃうよ」

「……世界の隅っこってどこ？」

ぽつりと呟いた果穂の言葉に、詩織と朱里が顔を見合わせた。数秒後、揃って噴き出す。

「ほんとね、果穂さん。世界は丸いんだから隅っこなんてないわよね」

「うん、ない。世界の隅っこは世界の真ん中でもある。みんな平和に仲良く暮らしましょ、だね」

なんだかとても嬉しそうに朱里が頷いた。

平和に仲良く暮らしましょ、というフレーズにわずかに眉根が寄った。それを察したのか、詩織が果穂の顔を覗き込む。

「もしかして、恭平と喧嘩でもした？」

「喧嘩っていうか……」

あれは喧嘩なんてものではない。喧嘩というのはもっと対等、意思と意思のぶつかり合いのはずだ。投げつけられた言葉に堪えられず無言でその場を去る、というのは、喧嘩の範疇《はんちゅう》とは思えなかった。

恭平は詩織の息子、すなわち果穂の夫でもある。

大手企業で働いているが、在宅勤務が普及したせいで出社するのは週に一度、いや、二週に一度というときもある。果穂自身も働いているが、こちらは出社が前提の仕事なので、恭平を残して出勤せざるを得ない。

恭平が不満を抱えていることは薄々気づいていた。だが、認めてしまえば自分の中にくすぶっている不満とぶつかって爆発してしまう。それがわかっていたからこそ、見ないふりを続けてきたが、恭平が今日、果穂が帰宅するなり口にした言葉があまりにもひどくて、そのまま飛び出してきてしまったのだ。

「喧嘩にもなってない、ってことね」

さっきまでの楽しそうな表情はなりを潜め、詩織は肺活量に感心してしまうほど長いため息を吐いた。さらに、いかにも熟練教師っぽい黒いセル縁眼鏡の真ん中を、人差し指でくいっと上げて言う。

「そりゃそうよね。恭平と果穂さんじゃレベルが違うもの。喧嘩になんてなりっこない」

「レベル……そうかもしれません。恭平さんは大企業のエリート社員だけど、私は介護職。しかも資格すらない補助員なんですから」

「介護職のどこが悪いのよ。体力も知識も気配りもいる立派なお仕事じゃない」

「恭平さんはそう思ってないみたいです。お給料は安いし、夜勤はあるし、家事すら満足にこなせなくなるような仕事ですから」

「それ……恭平が言ったの？」

「そのままの言葉じゃありませんけど、おおむねそんな感じです」

「ドン引き……」

朱里の呟きがすべてを表している。とはいえ、もしかしたらそれは『女性から見た』意見なのかもしれない。詩織の声が一気に高くなった。

「あのばか息子！　だからレベルが違うって言うのよ！」

さっき詩織が言った『レベルが違う』というのは、てっきり恭平のレベルが高すぎて果穂なんて相手にしないという意味かと思っていたが、どうやら違ったらしい。

果穂がほっとした顔になったのを見て、詩織がますます憤《いきどお》った。

「当たり前じゃない！　前々から、どうしてあなたみたいな人があの子と結婚してくれたのかしらと思ってたのよ」

「そんなふうにおっしゃってくれるのはお義母さんぐらいです」

恭平は偏差値の高い大学を出て、一流企業に入社した。入社後もバリバリ働いて、同期の中では昇進が一番早いそうだ。ルックスだって並以上だし、結婚当時はもちろん三十を過ぎた今でも腹部に弛《たる》みなどない。

結婚式のとき、果穂の友人たちは誰もが羨《うらや》ましがった。二次会では、どこでこんな素敵な人を見つけたのだ、旦那さんの友だち、できれば同僚を紹介してくれないか、と詰め寄られたものだ。

反面、夫の友人たちは首を傾げていた。おまえなら、もっと美人で優秀な人と結婚できただろうに、と……

美人なんて三日で見飽きると言うし、優秀かどうかは分野による。気立てがいいのが一番だ、と夫は言い返してくれたけれど、今にしてみれば負け惜しみだったのでは、と思ってしまう。かなり騒がしかったし、その友人もまさか果穂の耳に届くとは思っていなかったのだろうけれど、そもそもそんなことを言う時点でおかしい、と果穂は内心憤慨していた。

いずれにしても、友人たちの目から見ても、恭平は果穂には過ぎた夫だった。恭平の母である詩織も同じように考えているとばかり思っていたのだ。

ところが詩織は、そんな果穂の考えを真っ向から否定した。

「私が何年教師をやってると思ってるの？　しかも私は高校の教師よ。小学生ならともかく、高校生にもなったら人格の大半は出来上がってる。成績や見てくれがいいだけで人格が伴わない子がどうなっていくかぐらい簡単にわかるわ。そしてね……」

そこで詩織はまたしても肺活量を見せつけるため息を吐き、心底情けなさそうに続けた。

「教師あるあるよ。よそ様の子を一生懸命見てるうちに、自分の子がとんでもないことになってた。私の子だから大丈夫、なんて過信してね。だから、結婚相手としてあなたを連れてきたときは、本当にほっとしたわ。気立てがよくて利発そうなお嬢さん、しかもわりと無口」

「すみません。私、おしゃべりは苦手なんです」

「いいのよ。余計なことを言うぐらいなら黙ってたほうがいいってことはいくらでもあるんだから。とにかく、こんな子を選べるんだから大丈夫、って思ったの」

その時点で、果穂への評価は我が子である恭平よりもずっと上だった、と詩織は言う。この人とならばいい人生を送れると信じたらしい。

朱里は呆れ顔だ。

「はあ……前々から思ってたけど、詩織さんって本当に変わってるね」

「そう？」

「そうだよ。普通は息子が連れてきた人が気に入らなくて、でも息子が好きな人だからって諦めて、隙あらば嫁の悪口を吹き込んで息子を取り返そう、って感じじゃないの？　喧嘩なんてした日には大喜び、とかさ」

「朱里ちゃん、あなたは質《たち》の悪いドラマを見すぎよ」

「え、私、ドラマなんて見ないよ？　そもそも家にテレビないし」

「じゃあ、ネットの変なまとめサイトとか見てるんでしょ！　どっちにしても、世の中、そんなに悪い姑《しゅうとめ》ばっかりじゃないわ」

「そっか……よかったね、果穂さん」

「はあ……」

姑がいい人なのは嬉しい。だが、姑がどれだけひどくても、夫がいい人かつ自分の味方になってくれるなら問題ないのではないか。いくら詩織がいい人で果穂を評価してくれても、一緒に暮らす恭平があれではやりきれない。それが今の果穂の正直な気持ちだった。

「で、息子はいったいなにをやらかしたの？」

「なにをやらかしたっていうより、なにもやらなかったのが問題というか……」

「あの子、今もテレワーク中心なの？」

「はい。今週もずっと家で仕事をしてました」

「昼ご飯とかどうしてるの？」

「私がお弁当なので、一緒に作ってます」

「そっか。夜は？」

「私が帰ってから……」

「なるほど、ぜーんぶわかったわ。あのくそ息子！」

ばか息子がくそ息子に変わった。詩織の中では、『ばか』より『くそ』のほうが悪質度が高いようだ。

それにしても、これだけの会話で本当に全部わかったのだろうか……

「あ、すごく疑わしい目！　わかるわけないと思ってるでしょ？」

「え、そんなことは……」

「いいえ、思ったわね！　でも信じて、ちゃんとわかってる。これまで恭平は、仕事を盾に家事を一切やってこなかった。毎日家にいるようになったにもかかわらず、それは一切変わってない。疲れて帰ってきて、座る間もなくご飯の支度をする果穂さんに、『腹減った、飯はまだ？』とかほざく。自分はパソコンに向かってはいるけど、画面に映ってるのは仕事とは無関係のサブスク動画。つまりそういうことでしょ？」

「すごい……」

さすが母親、と感心せずにいられない。なぜなら、状況も恭平が言った台詞《せりふ》も詩織が言うとおりだったからだ。

「結婚したときはいい夫になるか、悪い夫になるかのボーダーだった。でも三年で悪いほうに転落しちゃったのね。果穂さん、本当にごめんなさい。私の育て方が悪かったわ」

「それを言うなら、夫の育て方を間違えたのは私です」

「あら……」

詩織は一瞬楽しそうに笑ったあと、眉を顰《ひそ》めた。

「なんて潔《いさぎよ》いのかしら。でもそれ、私もやらかしてるから笑えないわ」

「私もって？」

朱里の問いに、詩織は肩を落として答えた。

「夫の教育。そもそも恭平があんなふうになったのは、父親のせいだと思うの。反面教師にしてくれればよかったのに……」

「詩織さんの旦那さんって、反面教師にしなきゃならない感じの人なの？」

「はっきり言ってそう。外面はものすごくいいんだけど、家の中では横暴そのもの。で、息子もきっとそっくり」

でしょ？　と詩織に確認されて反射的に頷いたあと、はっとして首を左右に振る。

「あ、あの……横暴とまでは……お義父さんだって……」

「横暴かどうかはある意味主観的なものだけど、私にとっての夫同様、果穂さんにとっての恭平も、横暴の範疇《はんちゅう》なんだと思う。でなきゃ、そんな速さで頷けない。果穂さんほどの人が、こんな夜中に外をうろついてるってこと自体、あの子のひどさを物語ってる」

「それって詩織さんにも言えることじゃない」

「そうよ。でも……」

そこでまた果穂のスマホがチャランと着信を告げる。画面を確かめるまでもない。この音は恭平専用である。一度既読を付けたあと、また放りっぱなしにしていたせいで、連絡間隔が狭まってきているに違いない。

「恭平から？」

「だと思います」

母親の前で息子からの連絡を無視するのは躊躇《ためら》われる。やむなくスマホを操作し、恭平との連絡に使っているSNSアプリを表示させる。目に飛び込んできたのは、絶望的なメッセージだった。

『いつまで帰ってこないつもり？　風呂に入るけど、俺のパンツってどこにあるの？』

果穂が住んでいる賃貸マンションの風呂には予約システムがあって、毎日同じ時刻に湯が張られる設定になっている。湯が入った証のチャイムに気づいた夫は、とりあえず風呂に入ることにしたものの、下着のありかがわからなかったようだ。結婚してからずっと同じマンションに住み、模様替えすらしていない。彼の下着は一番上の引き出しと決まっているのにそれすらわからない。入浴している間に脱衣場に置かれているのが当たり前になっているからに違いない。

覗き込んだ詩織が目を見張った。よく見ると握りしめた拳が微かに震えている。どう見ても『母、怒り心頭の図』だった。

「お、落ち着いて詩織さん！　負のエネルギーを撒《ま》き散らしてるよ！」

「これが落ち着いていられますか！　ばかだとかくそだとか言ったけど半分は勢い、ここまでとは思わなかったわ！」

さらに詩織は、果穂に向き直って深々と頭を下げる。

「本当にごめんなさい、果穂さん。もう、あんなばかとは別れちゃって！　恭平なんて一生パンツを探してりゃいいのよ！」

詩織は止めどなく恭平を罵《のの》り続け、果穂は口を挟む間もない。見かねたのか、朱里が両手をかざして言った。

「ドウドウ、詩織さん、本当に落ち着いて」

「私は馬じゃない！」

「馬のほうがまだ扱いやすいよ。人参か角砂糖でご機嫌だもん」

「じゃあ私にも角砂糖をちょうだい」

「え？」

さすがの朱里もぎょっとしたらしい。疑わしげに詩織を見たあと、にっこり笑った。

「わかった、角砂糖ね！　少々お待ちください！」

元気よく言い放ち、朱里はまたコーヒーメーカーにカップをセットしスイッチを押す。ガーッという豆を挽く音のあと、カップにコーヒーが注がれる。どうやらカフェラテやカプチーノといったミルクを使うコーヒーではないようだ。

なるほど、ブラックコーヒーに角砂糖を入れて飲めってことか……と思っていると、朱里は壁沿いに設けられた食器棚の下の扉から白い陶器の壺と小さな瓶を出してきた。

この瓶は見たことがある。確かブランデーの瓶だ。果穂が見たのはもっと大きな瓶だけれど、ミニチュア瓶が売られていることも知っている。お菓子や紅茶の風味付けに使うのにちょうどいいのだろう。

それにしても、紅茶ならブランデーを入れて飲む人もいるのだろうが、コーヒーとブランデーは合うのだろうか……

そんなことを思いながら見ていると、朱里は白い壺から出した角砂糖をスプーンにのせ、上からブランデーを垂らした。

「カフェ・ロワイヤルね！」

「素敵でしょ？」

「ねえ、朱里ちゃん。ちょっと明かりを消してもらっていい？　暗いほうが、炎がきれいに見えるでしょ？」

「いいよ。真っ暗にするわけにはいかないけど、カウンターの上だけ消すね」

カウンターを回ってきた朱里は、詩織の前にコーヒーカップを置き、ドアの横にあるスイッチを操作する。間違ってキッチンを暗くしてしまったのはご愛敬。こっちだったわ、と笑いながらやり直して、カウンターの上の明かりを消した。

「じゃ、火をつけるね！　ここで柄の長いマッチでも出せばいい雰囲気なんだけど、あいにくこれしかないのよ」

朱里が断りながら出してきたのは、風があっても消えないと評判のガスライターだった。おそらく、百均ショップなどで売られているものだろう。

「上等よ。火さえつけばいいんだから」

早く早く、と急かしつつ詩織が席を立ち、空いたところに入り込んだ朱里が火をつける。コーヒーカップに渡されたスプーンの上で、角砂糖が青く燃えた。

「素敵……なんかすごく幻想的」

感極まっている詩織に、朱里が片目を瞑《つぶ》って言う。

「青って鎮静効果があるっていうけど、ほんとなんだね。めちゃくちゃいきり立っていたのにこんなに落ち着いちゃった」

「こんなにきれいなものを見せられて、いつまでも怒ってられないわよ。恭平をなんとかしないと駄目ってことに変わりはないけど、ここで私たちがギャーギャー言ってても仕方ないし」

「そうだねえ……どうせなら本人に言わないと」

「言ったところで聞くかどうか……。横暴夫の英才教育を受けたあの子が、今更変われるかしら」

高校生ですら人格はほぼ出来上がっている。それから十余年、人格なんて固まりきっているはずの恭平が多少の説教で変われるとは思えない。実の母親の苦言すら聞き流してしまうのではないか、と詩織はため息を吐いた。

「お義母さんの言葉を聞かないなら、私なんてもっと駄目ですね」

恭平は結婚した当時も今も、果穂を対等なパートナーとして見ていない節がある。六歳という年齢差に加えて、出会ったころの果穂があまりにも頼りなかったせいだろう。

恭平とは友人の紹介で出会った。正確に言えば、恭平は果穂の友人の兄の同僚だったが、友人もその兄も果穂と恭平を結びつける意図はなかったらしい。兄妹がたまたま同じ日に鍋パーティでもしようと友人を家に招いた結果、家族に果穂と恭平を加えた六人で鍋を囲むことになったのである。

友人を家に呼ぶなら家族に了承を得るのが当たり前で、そんな鉢合わせはありえないと果穂は思ったけれど、その友人の家では思いつきで客を招くのはよくある話だそうだ。

いつ誰が来ても平気、鉢合わせしたらみんなで楽しむ、という開けっぴろげな家族なだけに、鍋パーティは大いに盛り上がり、笑い声が絶えることはなかった。

楽しさのあまり恭平ともその場で連絡先を交換し、三日後には恭平から連絡が来て交際開始、一年後には結婚が決まった。

家に招いてくれた友人にスピーチを頼んだところ、まさかこんなことになるとは、と笑いながらもこころよく引き受けてくれて、結婚式も大いに盛り上げてくれた。

「恭平さんは、一生果穂さんを守ってくれるはず。友人としてもとっても安心です。どうかこれからもお幸せに」

それが、友人のスピーチの結びの言葉だった。恭平は満面の笑みで頷いていたが、その時点で、彼にとって果穂は庇護対象だったのだろう。そして今も、その認識に変わりはない。果穂の意見を取り入れて、彼がなにかを変えるとは思えないのだ。

スプーンの上で青い炎が揺らいでいる。そろそろ消えるかな、というタイミングで、詩織がスプーンをすっと動かし、青い炎もろとも角砂糖をコーヒーの中に落とした。

「え、まだ消えてないのにー」

心外そうに朱里が言った。いや、心外というよりも単純に残念だったのかもしれない。きっと彼女も、もう少し炎を見ていたかったのだろう。果穂も同じ気持ちだが、詩織はきっぱり言った。

「すごくきれいだったけどもう十分。あんまり落ち着いちゃうと、恭平に説教する気力が失せちゃうわ」

「お義母さん、説教なんて……」

「いいえ、断じて説教が必要です。だいたい、パンツのありかすらわからないほど生活全般を果穂さんに依存しておいて、なにを偉そうにしてるんだって話よ。心得違いも甚《はなは》だしい。バケツを持たせて廊下に立たせたいぐらいよ」

「バケツ！　それって詩織さんの時代でもギリアウトでしょ。体罰だって言われちゃう」

「いいのよ。これが体罰なら、あの子がやってるのはＤＶ。目には目を歯には歯を、よ」

「それじゃあ、いつまで経っても収拾がつかないよー！」

聞いているうちに、どっちが教師かわからなくなってくる。普段の詩織はこんな人ではないのだが、それほど恭平への怒りが大きいのだろう。

　朱里が慌てたように新しいコーヒーカップを取り出した。

「カフェ・ロワイヤル、もう一杯淹《い》れるね。ブランデーもさっきよりたくさん染み込ませるよ」

「あれ以上やったら角砂糖が溶けちゃうわ。それに、コーヒーはもう十分」

カルーアミルクもカフェ・ロワイヤルもコーヒーだ。カフェインの影響は受けにくい体質だが、さすがにこれ以上は身体に悪い、と言ったあと、詩織は果穂の前の皿に目をやった。

「食べ終わったみたいね。果穂さん、これから家に帰るんでしょ？　私も一緒に行くわ」

　プチ家出中の妻と母が一緒に帰ってきたら、さすがに恭平もたじろぐだろう。先手必勝でそのまま説教してやる、と詩織は意気込むが、果穂はまだ恭平と顔を合わせる気になれない。ホテルだって取ったのだから、本日は外泊確定だった。

「今日はホテルに泊まるんです。チェックインも済ませました。だから家には……」

「ホテル！　それは考えたわね！　二、三時間の家出よりずっといい。朝起きても帰ってきてないってわかったときのあの子の顔が見てみたいわ」

「意外と平気かもしれません。私がいなくても気になるのは下着のありかぐらいですし」

「さすがにそれはないでしょ。だったらそんなに連絡もしてこないだろうし」

「どうでしょうね。恭平さんにしてみれば、自分が困らなければどうでもいいのかも」

「実際に困ってるじゃない。そういえばあの子、晩ご飯はどうしたのかしら……」

そこで食事のことを持ち出すあたり、やはり母親だなと思う。さんざん貶《けな》してはいても、息子がちゃんと食べたかどうか気になったに違いない。

「晩ご飯は大丈夫なはずです。カレーを作ってきましたから」

昨日の夜、カレーを煮込んでおいたし、果穂が帰宅するころに炊き上がるように炊飯器もセットした。サラダも朝のうちに作って冷蔵庫に入れてある。いくら恭平が生活能力に欠けるといっても、カレーぐらい温められるだろう。もしかしたらサラダには気づかないかもしれないけれど……

「カレーか……私もよく夜の間に作っておいたわ。遅くなりそうな日は特にね。温めるだけで食べられるし、それぐらい夫がやってくれるだろう、って。でも私が遅い日に限ってあの人も残業。おかげで恭平はカレーを温めるのだけは上手になったわ」

「温めるのだけ、とか言ってないで作るところからやってくれればいいのにね」

カレーなんて市販のルーを使えば簡単なんだから、と言う朱里に、詩織は苦笑しつつ答えた。

「無理だったのよ。そんなことをさせた日には、夫にすごく怒られた。カレーなんて作ってる暇があったら勉強させろって」

「息子さん、そんなにできなかったの？」

「逆よ。そこそこできたから夫が期待しちゃってたの。小学校低学年のうちから塾に入れていい中学、いい大学を目指したわ」

「高校は？」

「中学受験をするんだから中高一貫、高校受験はパスよ」

「そっか……それはいいかも」

「いいかどうかは人それぞれよ。やったー高校受験がないぞー！　ってなって遊びまくっちゃう子には悲惨な未来が待ってる」

「そうなの？　でも遊んでても高校には行けるんだよね？」

「問題はその先よ。大学受験でひどい目にあう。そうならないように、夫は恭平のお尻を叩き続けてた。家事なんかより勉強、とにかく勉強ってね」

「家事なんか！」

朱里の声に非難の色がまじる。詩織がため息まじりに答えた。

「夫はそういう考え方なのよ。夫っていうか夫の家？　男子厨房《ちゅうぼう》に入らず、的な」

「そういう人は、奥さんに先立たれて困ればいいのよ！」

「ほんと、ほんと！」

「えーっと、それ、お義母さんが先立つ前提ですよね。ちょっと……」

果穂の言葉で、朱里と詩織が顔を見合わせる。一瞬ののち、ふたりは大笑いをした。

「確かに先立つのは私ってことになるわね。それはいやだわ。それに、あの人の家系って誰ひとり奥さんよりあとに亡くなった人がいないの。だからあの人もきっと私より先」

「それはそれでどうなの、って気もするけど、平均寿命を考えたら普通はそうなるか……」

「今の私は、夫を見送って、残りの人生を謳歌《おうか》するのだけが楽しみよ」

恭平と彼の父親が似ていれば似ているほど、妻たちの境遇も似る。詩織の言葉に込められた思いがわかりすぎて辛い。

二〇二二年に発表された平均寿命は、確か男性が八十一歳、女性は八十七歳だったはずだ。義両親の年齢差は四歳なので、その分を足して詩織は十年ぐらいはひとりで生きることになるだろう。長い時間ではあるが、七十を過ぎてからの十年で『人生を謳歌』することは可能だろうか。不可能とは言い切れないにしても、五十代で思う謳歌《おうか》と七十を超えてからの謳歌は全然違うだろう。それでもなお、そこにしか希望を抱けない。まるで、今世を諦めて生まれ変わりに期待している人みたいだ。

それより悲しいのは、このまま行けば自分も確実に詩織と同じになるということだった。

「よくない！　そんなの全然よくないよ、詩織さん！」

「そうはいっても、どうしようもないのよ」

「どうしようもない、じゃなくてどうにかするのよ！　詩織さん、今日はこのあとどうするつもり？」

「どうって……もう少ししたら帰るつもりよ。あ、ここのお支払いは私に任せてね。誘ったのは私だし、息子の教育が至らなかったお詫び。全然足りないのはわかってるけど、せめてもの気持ちってやつ」

「そんな……恭平さんを選んだのは私ですから、自業自得です」

「どうかしら？　なんか恭平はうまいこと猫を被ってた気がする。頼りがいがあって決断力のある男のふりしていなかった？」

「ふり……じゃないと思います。実際、頼りがいはあるし決断力はすごいです。私、恭平さんに会うまで同級生としか付き合ったことがなくて、デートの行き先とかご飯を食べる場所とか全然決まらなくて、しびれを切らした私が決めてました。でも恭平さんはいつでも『ここに行こう』『これを食べよう』って……」

「単に自分勝手でしたい放題ってだけじゃない？　あの子も同年代の子とはいつだって長く続かなかった。なんでもおとなしく聞いてくれる果穂さんだからこそ結婚まで進んだの。さもなきゃ、我の張り合いでとっくに別れてたわ」

「お義母さん……」

身も蓋もない言い方に、さすがに恭平が気の毒になる。母親ってもうちょっと息子を庇うものじゃないのかと思うけれど、今の詩織にとって恭平は義父と同義で、まとめて貶《けな》したくなっているのだろう。

「じゃあ、詩織さんはこのまま帰って、明日はいつもどおりにご飯の支度とか洗濯とかするの？」

「そりゃそうよ。それがなにか？」

「それがなにか？　じゃないのよ。この際ふたりで『ひどい旦那にお仕置き同盟』を結成すべきだって。そうだ、果穂さんが泊まってるホテルはもう空いてないの？」

唐突な朱里の発言に、詩織はきょとんとしている。おそらく朱里は、詩織も家に帰らなくていい、『妻たちの反乱』を起こして夫たちを反省させろと言いたいのだろう。

だが、恭平の言葉に憤慨して家を出てきた果穂ならともかく、なにも起こっていない詩織が家を空けたところで義父に反省は望めない。事故にでも巻き込まれたかと大騒ぎが始まるのが関の山、挙げ句の果てに騒がせたことを叱られかねなかった。

「私はともかく、このタイミングでお義母さんが外泊されても……」

ところが、躊躇《ためら》いがちに果穂が口にした言葉を、朱里はきっぱり否定した。

「このタイミングでいいんだよ。どうせ詩織さんも旦那さんと喧嘩してきたんだろうし」

「え、お義母さんも？」

ぎょっとして詩織を見ると、義母は後ろめたそうな顔になっていた。

「参った……。朱里ちゃんにはお見通しだったか。いつもみたいに眠れなくて、気分転換に散歩に出たついでに寄りました、って体《てい》を装《よそお》ってたのに」

「当たり前じゃん。だって詩織さんは『話し相手が欲しかった』て言ったじゃない」

そこで朱里は確かめるように詩織の顔を見る。詩織はこくりと頷いた。

「ええ、言ったわ。それがなにか？」

「ひとり暮らしならまだしも、詩織さんには旦那さんがいる。普段の話を聞く限り、会話はそこそこ成立してる。家に帰れば普通に話せる相手がいるのに、あえて息子の奥さんを連れてきたのは、今、旦那さんと話したくないからでしょ？」

「そうなんですか⁉」

「……実は。まあ、喧嘩っていうより、ただお父さんの顔が見ていたくなくて出てきただけだけど」

「原因を聞いてもいいですか？」

「あなたたちと似たり寄ったりよ。ほんと、あの親子、双子みたいなんだから！」

いやあなたも親でしょ、と言いたくなった。だが、恭平と彼の父である英彦《ひでひこ》は、背格好も性格もとてもよく似ている。反面、恭平と詩織はあらゆる意味で似ていない。詩織曰《いわ》く、出産したときに母子ともに容易に取り外せないネームバンドをはめられていなければ、取り違えを疑うレベルとのことだ。

「お義父さんも『飯はまだか？』ですか？」

「そう。おまけに私は今朝に限って晩ご飯の下拵《したごしら》えをせずに出勤しちゃったの」

おそらく試験やレポートの採点といった持ち帰り仕事が長引いたのだろう。

義両親とは同じ都内、しかも電車を使えば三十分の距離に住んでいることもあって、二ヶ月に一度ぐらいは一緒に食事をしている。外食だったり家に招き合ったりしていたが、比率としては恭平と果穂が詩織の家を訪れるのが圧倒的に多い。恭平が実家を懐かしがるというのと、詩織が人を招くのを苦にしないというふたつの理由からだ。

妻と親夫婦の相性など考えもしないのはいかにも恭平らしいが、幸い果穂と詩織の仲は良好だし、英彦は息子の妻にほとんど興味を示さないため関係が悪化しようもない。美味しい手料理を食べながら、料理や家事の秘訣を訊いたりして過ごす時間を果穂は楽しみにしているのだが、詩織が早々に席を離れるときがある。大抵は定期試験後、あるいは成績表を作成しなければならない時期で、自室に籠もって仕事をする詩織を見るにつけ、教員というのはなんと厳しい仕事だろう、残業代もつかないのに家で遅くまで仕事をしなければならないなんて……と思う。

仕事で寝るのが遅くなれば、寝坊だってする。もともと詩織はとても元気な人だけれど、年齢のせいか寝付きが悪くなったと言っていたからなおさらだ。おそらく詩織は、昨夜遅くまで仕事をしていつもの時刻に起きられなかったに違いない。疲労困憊《こんぱい》状態でも休むわけにもいかずに出勤した。それなのに帰宅するなり、夫にそんなことを言われては腹が立つのは当然だ。

それだけでも十分納得がいく理由だったが、詩織は顰《しか》めっ面で続けた。

「それだけならいつものことで我慢できたわ。でもね、そのあとがひどかったの！　大急ぎで作って出したご飯に文句を付けたのよ！」

「詩織さん、なにを作ったの？」

「ご飯だけは予約してあったから、干物を焼いて、お味噌汁を作って、冷蔵庫にあったレトルトのきんぴら牛蒡《ごぼう》を出したわ。温泉玉子もつけた。確かに全然手は込んでないし、レトルトだって使ったけど……」

「干物にお味噌汁にきんぴら牛蒡、温泉玉子付きか。栄養のバランスは悪くないし、ご飯は炊き立てだったんだよね？　すごくヘルシーで美味しそうなご飯じゃない」

「でしょ!?　それなのにあの人ったら、『干物なんて朝飯で食うものだろ。もうちょっとましなものを食わせてくれ』って言うのよ。おまけに、『時間がないとかなんとか言ってるけど、ひとりで仕事を抱え込んでるからじゃないのか？　年寄りがいつまでも幅をきかせてないで、若い連中に仕事をさせてやらなきゃ、育つものも育たないぞ』ですって！」

「うーん……」

怒り心頭の詩織に、朱里は困ったような顔になった。おそらく、英彦の言い分にも一理あると思ったのだろう。それを見越したように詩織が続けた。

「若い人たちが仕事をしてないとでも思ってるのかしら！　みんないっぱいいっぱい、二十代や三十代の先生方なんて、部活の指導まで引き受けてて土、日も出勤してるのに！」

「部活指導！　あれは問題ってか、困るよねえ……」

「ほんとよ。同じ国語科で今年赤ちゃんが生まれた先生がいるんだけど、ほとんど寝顔しか見てないって嘆いてたわ。産休で奥さんは家にいるらしいけど、いくら産休を取っててもワンオペじゃどうしようもない。申し訳なくて泣きたくなるって」

「なんていい旦那さん！」

「うちの男たちに爪の垢《あか》を呑ませてやりたいぐらいよ。とにかくそんな状況で、これ以上仕事を振るなんて論外。あの人はなんにもわかってないのよ！」

「そりゃ、詩織さんが怒るのも当然だね」

六十歳定年が当たり前だった時代であれば、詩織の年齢ならもう引退を踏まえて後輩の指導に勤しんでいただろう。けれど六十五歳どころか七十歳まで定年が延長される今となっては、五十代半ばはまだまだ働き盛り。そうでなくとも教員になりたがる若者が減っていて、教育現場は深刻な人手不足に襲われている。誰もが精一杯働いていても、片付かない仕事が山積みというのが現実だ。件《くだん》の若手教師も、生まれたばかりの子どもに会いたくても、奥さんの負担を減らしてやりたくても叶わない無力さに打ちひしがれている。このままでは、教師以外の道を目指すのではないかと心配になるほどだ、と詩織は遠い目をして言う。確かに若ければ若いほど職業選択の幅は広がる。ずっとこんな調子かと思ったら、ほかの道を選びたくなっても無理はない。

朱里も深く頷き、口を開く。

「保育士や教師が憧れの職業だった時代もあったのに、今じゃどっちもなりたくない職業トップテン入り」

「時代は変わったのよ。もっと言えば、学校以外にも学びの場があって、それを選択することが悪いことじゃないって世の中になってきた。それ自体はすごくいいことだけど、学校に来なくなる生徒がひとり増えるたびに自分を責めるわ。どうすればあの子は学校に来られるんだろう、って眠れなくなる日々よ」

「それじゃあ寝坊もしちゃうよね……あ、もしかして今朝もそうだったの？」

「実はそうなの。ずっと来てなかった子がとうとう転校することになったの。中学までは活発で部活のエースだったのに、高校に入ってからだんだん欠席が増えて……」

高校は義務教育ではないから、欠席が増えれば進級できなくなる。なんとか通学できるようにと保護者も学校も手を尽くしてみたが、それがかえって本人の負担となって、夏休み明けからはまったく登校できなくなっていた。本人は退学したいと強く望んだが、せめて高校だけは卒業してほしいという保護者の希望との折衷案《せっちゅうあん》で通信制の高校に転校することになった。その子のことを考えていたら目が冴えて眠れなかったものの、さすがに朝方眠りに落ちて寝過ごした、というのが今朝の経緯だったそうだ。

「すみません。テストの採点とか成績評価とかで寝るのが遅くなったとばかり思ってました……」

思った以上に深刻な状況に頭を下げる果穂に、詩織は片手を振って答えた。

「まあ、それもあったのは確か。その子はテストも受けていないから、名簿に実線を引いたわ……それが地味にこたえてね。それなのに、あの人ったら……」

妻の悩みの本質どころか、悩みがあることすらわかっていない。このまま顔を合わせていたら、自分がなにを言い出すかわからない。さすがに離婚までは考えていないから、決定的な亀裂が入るのを避けるためにとりあえず外に出てきた、というのが今回の顛末《てんまつ》だった。

「でも、ご飯も終わってあとは寝るだけだったんだよね？」

食事が終わったのであれば、寒い中わざわざ出かけなくても、別の部屋に行くなどして顔を合わせずに済ませることぐらいできたのでは、という朱里の疑問に詩織は苦々しい表情で答えた。

「同じ家にいることもいやだったの。三十五年も夫婦をやってきて、この人はこんなにも私のことをわかってない。わかろうともしてこなかったんだ、って思ったらもう腹が立つのを通り越して虚《むな》しかった。たぶん、この気持ち、果穂さんにもわかるんじゃない？」

いきなり話を振られて面食らったものの、詩織の気持ちは十分わかる、というよりも、まったく同じ気持ちで果穂も家を飛び出してきたのだ。

「わかります。同じ家にいたくない。同じ空気を吸いたくないって感じ」

「そうそう。まあ、でも果穂さんのほうが肝が据わってるわよね。ホテルまで取っちゃうんだから」

「それは勢いというかなんというか……でも、お義母さんはこれからどうするおつもりだったんですか？　そもそもお義父さんにはなんて言って出てきたんですか？」

「なにも」

「え……？」

目を丸くした果穂の顔が面白かったのか、くすりと笑ったあと詩織は平然と言い放った。

「あの人にはなにも言ってないわ。お風呂を上がって寝床に入ってたから、今ごろ高鼾《たかいびき》で私が出かけたことなんて気づいてないに決まってる。もしくは気づいてても、いつもの夜の散歩だって思ってるわ」

「そんなの全然意味ないじゃん！　大変だ、妻が出ていっちゃった！　って思わせなきゃ反省なんてするわけないよ」

「別に反省してほしいなんて思ってないのよ、私」

「どういうこと？」

「あの人は変わらない。そういう人だって気づかずに結婚して、それからあとも浮気や借金をするわけじゃない、これぐらいの違和感なんてどこの夫婦にもあるって自分に言い聞かせて結婚生活を続けてきたの。それでもときどき一緒にいるのが耐えられなくなって散歩に出る。今日もそんな感じよ」

「そんなのおかしいって！　じゃあ、これからもこんなことがあるたびに詩織さんが我慢しておしまいにするつもり？　この先何十年も!?」

朱里の語気が荒くなる。愚痴を吐き出すだけで現状を変えようとしない詩織に苛立っているのかもしれない。

「詩織さんはもうちょっと気合いが入ってる人だと思ってた。なんでぶつかっていかないの？　一方的にどっちかが我慢し続けるなんて夫婦でいる意味ないよ！」

「ぶつかる気力もないのよ。もう年ね……」

「それって逃げだよ！」

結婚して三十数年とはいえ、まだまだ結婚生活は続くはずだ。年を取れば理性は失せ、自我がどんどん強くなる。今からこんなふうに妥協していたら、老後の生活は目も当てられないものになるだろう、と朱里は言い切る。なにがここまで彼女の言葉を強くしているのか、果穂には見当もつかない。ただ抑えきれない怒りだけがひしひしと伝わってくる。詩織も同じように感じたのか、なだめるように言った。

「朱里ちゃん、そんなに怒らないで。これでもあなたが思ってるよりも平和に暮らしてきたし、これからもいい感じにやっていけるはずよ」

「それって、詩織さんが我慢ばっかりして、どうしても堪えられなくなったらガス抜きして、って生活を続けるってことだよね？　幸せなのは旦那さんだけ！」

「だから、だけってことは……。いったいどうしたの朱里ちゃん？」

ここまで食い下がるのは珍しい、と詩織は困惑する。確かに、朱里の言動は世間話をしている客と店主の枠を大きくはみ出している気がした。

「私ね、詩織さんたちみたいな夫婦をよく知ってるんだ。奥さんがずーっと我慢ばっかりしてて、結局病気になって旦那さんより先に亡くなっちゃった。もともとすごく健康な人で、私は絶対夫より長生きするって言ってたのに……」

あれだけ健康な人が病気になったのはストレスのせいだ、と朱里は言い切る。科学的根拠はないにしても、病は気からという言葉があるぐらいだから本当なのかもしれない。

さらに朱里は顔を顰《しか》めて続ける。

「で、奥さんが亡くなって半年もしないうちに旦那さんも亡くなっちゃったの」

「それはご病気とか？」

「事故、っていうか火事。奥さんが亡くなったあと、ひとりで暮らしてたんだけど石油ストーブの上に洗濯物を干してたら……」

「ストーブの上に落ちて火事になった……と」

「そう。雨が続いてたから乾かそうと思ったらしいんだけど、ストーブを付けっぱなしで昼寝しちゃってたんだって。気づいたときには火に囲まれてた。それまで家事なんてしたことがなかったからご飯の支度や洗濯に疲れ果てちゃってたんだろうって話だったわ」

「悲惨すぎます……」

二の句が継げなくなった果穂に、朱里は厳しい目で言う。

「とにかく、一方的にどっちかが我慢し続けるのは絶対によくない。ふたりとも話しても無駄って諦めてるみたいだけど、それじゃ駄目だよ」

「駄目って言われてもねえ……」

詩織が小首を傾げて果穂を見た。もちろん果穂だって手段など思いつかない。だからこそ、衝突を避けるためにこうして外に出てきたのだ。

もっと言えば、どうにかしたいと思っているかどうかも怪しい。詩織が連ねた英彦の欠点は、すべて恭平に通じている。そして、自分は詩織以上に苦痛に感じている。おそらくそれは、詩織ほど自分の仕事に誇りを持てないからだろう。

働きすぎだから若い人にもっと仕事を任せるべきだ、と言う英彦は、現状を把握していないとはいえ、詩織の仕事を評価しているからこそで、恭平とは大違いだ。ことあるごとに果穂の仕事を軽んじる言葉を聞かされていたら、誇りを持って働き続けるのは難しい。

詩織が三十年以上結婚生活を続けてこられたのは、教師という仕事の重要性や仕事にかける詩織の思いを英彦が理解していたからこそではないか。もしも英彦が恭平と同様に、家事に支障が出るぐらいなら辞めてしまえ、と思っていたら、ふたりはとっくに別れていたのかもしれない。

「やっぱりお義父さんと恭平さんは、似ているようで似ていないのかも……」

果穂の呟きに、詩織が意外そうな顔になった。

「似てない？　そっくりだと思うけど……」

「家事能力に欠けてるって意味では同じでしょうけど、妻の仕事に対する評価が全然違います。お義母さんはお義父さんに仕事を辞めろって言われたことがありますか？」

「ないわね。恭平を産んだときも産後半年で復帰するって言ったら、そうか、じゃあ早く保育園を探さなきゃって……。同僚の中には一歳にもならないうちに保育園なんて子どもがかわいそうだからもっと長く休めとか、いっそ辞めてしまえ、と言われて大喧嘩になった人もいたのに」

「でしょう？　そこが大違いなんです。恭平さんは、仕事が大変で満足に家事もできないなら仕事なんて辞めてしまえって思ってる。それぐらいの稼ぎはあるんだから、って……」

「我が息子ながら、聞けば聞くほどひどいわね……」

「それが、お義母さんがお義父さんと三十……確か三十五年でしたっけ。それだけの間一緒に暮らしていても、別れようとまでは思わなかった理由じゃないんでしょうか」

「確かにね。腹は立つけどしばらく離れれば落ち着いて、まあ私がちょっと我慢しておけば、って思える程度。何十年も連れ添った夫婦ならどこもそんな感じじゃないかしら」

小さな不満を抱えつつも、上手くいなして夫婦を続ける。自分と相手の考えを照らし合わせ、譲れるところは譲って関係を壊さないように努めてきたと詩織は語る。

そこで異議を挟んだのが朱里だ。見るからに不満そうに唇を尖らせて言う。

「だーかーらー！　そんなふうに一方的に我慢してるのはおかしいんだってば！　そんなことを続けてるとさっきの奥さんみたいに早死にして旦那さんが火事を起こす、なんて悲惨な結果になっちゃうよ！」

「そんなに極端な例は珍しいでしょ。それにね、朱里ちゃん。あなたにしてみれば、片方だけが譲り続けるのは理不尽に見えるかもしれないけれど、譲れるのはある意味余裕があるからなのよ」

「余裕……？」

「そう。この年になると、何事にも執着しなくなるっていうか、どうでもよくなるっていうか、譲れないことがあんまりなくなっちゃうのよ。だから、あなたがそうしたいならどうぞ、みたいな？」

「諦めちゃってるんでしょ？　それって本当に悲しいよ！」

「諦めというのとはちょっと違うかな。私はこれでいいと思ってる。私はこう見えてかなり寂しがりだから、あの人と別れてひとりで生きていくことを考えたら、現状維持を取るほうがいいって判断をしてる。所詮、その程度の不満なのよ。むしろ、問題があるとしたら……」

そのとき、カウンターに置いていた果穂のスマホがブルブルと震え始めた。しかも今度はメッセージではなく通話の着信を知らせている。

果穂と詩織の間でスマホは震え続ける。一向にやまない振動に、見かねたように手を伸ばした詩織が受話器マークをタップした。ついでにスピーカー通話のキーもタップ……

「やっと出た！　どこにいるんだよ⁉」

すぐに聞こえてきた恭平の声に、うんざりした顔で詩織が答えた。

「うるさいわね！」

「え、誰……？　果穂じゃない……」

「あんた、母親の声もわからないの？」

「母さん!?」

「『母さん!?』じゃないわよ。いったいどれだけ連絡してきたら気が済むの？」

「だって全然返信がないから……」

「返信がないのは返信できないから。もしくは返信したくないからよ」

「返信したくないって……もしかして果穂、なにか怒ってるの？」

「怒らせた自覚もないの？　最低だわ！　とにかく、果穂さんは私と一緒にいるし、今夜は帰らない。明日はこのまま出勤するから」

「このままって、うちに帰ってこないつもり!?　俺、明日から出張なのに」

「あらそう。気をつけていってらっしゃい」

「そうじゃなくて、泊まりなのに支度とかどうすんだよ！」

「呆れた……子どもじゃあるまいし。出張準備ぐらい自分でやりなさい」

「あ、あの！」

そこで果穂は堪りかねて口を挟んだ。自分のスマホにかかってきた電話に口を挟むもへったくれもないものだが、あまりにも平然と詩織が会話しているため、ついそんな気になったのだ。

「果穂！」

さすがに妻の声ぐらいはわかったらしく、恭平がほっとした声になった。

「ごめんなさい、恭平さん。今夜は帰りません。でも、出張の支度ならいつもの鞄に……」

普段から恭平は出張が多いが、大抵は日帰りか、長くても一泊で帰ってくる。ただし、いきなり出かけなければならないこともあるため、出張の準備はいつも調えている。先日衣替えついでに、出張鞄の中の秋物も冬物と入れ替えたから支障はないはずだ。

恭平の声が途切れ、代わりにごそごそという音が聞こえてくる。おそらく鞄の中身を確かめているのだろう。やがて恭平が満足そうに言った。

「鞄、あったし、中身も大丈夫。じゃあ、明日は早いから俺はもう寝る」

そこで通話が切れた。詩織と朱里が呆れる中、果穂は妙な笑いが込み上げる。

あれほどしつこく連絡してきていたのは、自分の出張準備を心配していたからだった。出張準備が調っているとわかった瞬間、もう寝ると言ったことから、果穂を心配していたわけではないことは明らか。きっと、詩織と一緒にいるからには実家に泊まると思い込んでいるのだろう。

詩織がやけに悔しそうに言う。

「失敗したわ」

「なにがですか？」

「私が出しゃばったせいで、あの子を変に安心させちゃった。それにしても、恭平があんなにひどいとは思わなかった。あの子と同じ年のときの英彦さんのほうがずっとマシ。なんのかんの言っても、いざとなったら私が専業主婦を選べるぐらい稼いでくれてたのに、辞めろなんて一言も言わなかったし！」

「え、詩織さんって専業主婦願望あったの？」

朱里が驚いたように詩織を見た。高校教師としてバリバリ働いてきたことを知っているからこその反応だろう。詩織はふふふっと笑って答える。

「全然。でもね、いざというときに辞められるのとそうじゃないのとでは、ストレスのかかり方が違うのよ」

「あ、それはわかるわ。本当に無理ならいつでも辞めていいって思えるだけで気が楽だよね」

「そういうこと。まあでもそれは、お父さんだって同じ。あの人、あまりにも仕事が忙しくなりすぎると『いっそ専業主夫やろうかなー』なんて言うときがあるのよ。で、私は『どうぞどうぞ』って答えてる。実際には辞めたりしないんだろうけどね」

「うわあ……どっちかひとりでも家計を支えられる人同士の夫婦って最強」

「ただ、その分我の張り合いになるわよ？」

「それでも、対等なほうがいいと思います」

「果穂さん……」

詩織の目にいたたまれなさが溢れた。

恭平と果穂の収入差はかなり大きい。果穂だって正規の職員として働いているのだが、業界的に給与が低い傾向がある上に、所長の少しでも利用者負担を減らそうとする努力が職員給与に大きな影響を与えている。それでもほかの施設に比べて辞める人が少ないのは、所長の人柄によるものだろう。果穂自身も、仕事の大変さはどこに行っても変わらないのだから、多少給与が低くても信頼できる所長の下で働きたいという思いが強かった。

いずれにしても、恭平ひとりの稼ぎで夫婦が暮らしていくことはできるが、逆は無理。その現実が、恭平と果穂の力関係を決定している。そしてそれは、恭平が首になる、あるいは会社が潰れでもしない限り変わらない。とはいえ、恭平は有能だから首になんてなりっこないし、あの大きな会社が潰れるとしたら、日本の経済は大変なことになっているはずだ。たとえ夫婦が対等になれたとしても、そんな事態は想像すらしたくなかった。

「でもさ……詩織さんたちは、本来対等であるべき状況にもかかわらず対等じゃなかった。もともと対等じゃないよりも、そのほうがきつかったかも……」

朱里の呟きに、詩織が大きく頷いた。

「そうそう、それよ！　なんでそんなに威張りくさってるの⁉　って思うときがいっぱいあった。そりゃあね、収入はお父さんのほうが多かったのは確かよ。でも、私だって普通に稼いでいたのに」

「そう……ですよね。それに、収入差も性差も本来夫婦のあり方とは無縁であるべきものじゃないですか。それなのにお義父さんも恭平さんも……」

「『稼いでるほうが偉い』『男は偉い』って意識があるのよね。明治や大正の生まれじゃないんだから、いい加減にして、って話よ」

「未だにそういう男がいるんだねえ……」

「そ。しかも、ちゃんと恭平に遺伝してる。果穂さんに申し訳なくて言葉も出ないわ」

「そのわりによくしゃべってるけど？」

朱里の突っ込みに、詩織は一瞬黙り込み、はじかれたように笑い出す。ひとしきり笑ったあと、果穂を見て言う。

「朱里ちゃんの言うとおりね。やっぱり教師って職業柄多弁なのよ」

「いいんじゃないですか？　黙り込んでる先生って対処に困りますから……」

「まあね。とにかく、恭平があんなふうになったのは私たち夫婦のせいだし、果穂さんは私よりずっとひどい状況だと思う。だから先のことは真剣に考えたほうがいいわ。果穂さんはまだ若くて子どもだっていない。今ならやり直せるのよ」

静かな店内に、女たちのため息が広がっていく。同時に、果穂の中に微かな違和感が湧いた。

恭平は結婚してすぐのころから子どもを欲しがっており、その理由の中には『親のことを考えて』というものが含まれていた。両親は孫の顔を見たがっているし、出産も子育ても親の手助けなしでは難しい。親はどんどん老いていくのだから、少しでも体力があるうちに出産しなければろくな援助は受けられないと言っていたのだ。

果穂の両親は飛行機の距離に住んでいるから、出産時はともかくその後の育児となるとそう大きな援助は望めない。助けてもらうとしたらやはり恭平の両親、特に詩織になる可能性が高い。少しでも体力があるうちに、という言葉には納得がいくし、恭平がこう言う以上、詩織も同じ考えだとばかり思っていた。

にもかかわらず、結婚して三年経つ今も子どもは授かっていない。口に出さないまでも詩織は苦々しく思っているに違いない。『子どもだっていないし』という言葉の中に、否定的なニュアンスが込められて当然だ、と果穂は考えていた。それなのに、詩織はまるでいいことみたいに話している。

そのとき、考え込んでいる果穂に気づいたのか、詩織が声をかけてきた。

「どうしたの？　あ、子どものこと言わないほうがよかったかしら……」

ごめんなさい、と頭を下げられ、果穂は慌てて答えた。

「そうじゃないんです。私、ちょっと申し訳なくて……」

「どうして？」

「早く孫の顔を見たいと思っていらっしゃったでしょうに……」

「誰が？」

「誰って、お義父さんとお義母さんが……」

「お父さんは知らないけど、私はそんなこと考えてない……あ、もしかして恭平がそう言ったの？」

「はい……親父もお袋も楽しみにしてるんだから、って。でも……」

「呆れた……どこまでクズなの！　子どもが欲しいなら欲しいでいいけど、自分の意見として責任を持つべき。理由に親を持ち出すなんてあり得ない！」

「じゃあお義母さんは……」

「孫なんてどーでもいいわ、っていうのはさすがに言いすぎだけど、子どもを持つ持たないはあなたたちの自由だし、手助けが必要ならできる限りのことはする。でも、本当にできる限りのことしかできないの。さっき言ったとおり、私もまだまだ仕事が忙しくて、孫の世話どころじゃないのよ。それにね、子どもなんて欲しいからできるとは限らない。周りが口出しすべきことじゃないわ」

「そのとおり！　さすが詩織さん、わかってるー！」

朱里が入れた合いの手に、果穂の肩に入っていた力がすべて抜けた。

――この人は私の味方、真の理解者だ。そして、敵は……

胸の中に虚《むな》しさが広がっていく。恭平は、結婚してすぐのころから子どもを欲しがっていた。そして、義両親のことを持ち出して、まだそこまで子どもが欲しいとも思っていなかった果穂を説得しようとしていた。おそらく、子どもを持ってこそ一人前、などという古い価値観に凝《こ》り固まっているのだろう。人間の成熟度に子どもの有無など関係ないというのに……

今ほど、恭平との価値観の相違を感じたことはなかった。果穂はまだ二十代、恭平にしても三十代である。人生八十年とか百年とか言われる時代にあって、ふたりの結婚生活はあと五十年以上続くかもしれない。その長いときを、価値観が決定的に違う夫と暮らし続けるのは幸せなことなのだろうか……

その時点で、恭平のいない未来を考え始めた自分に気づき、さらに諦めの気持ちが募る。これまでは、縁があって結婚したからにはずっと一緒にいるべきだし、いたいと思っていた。それなのに今は、彼がいない人生を選びたくなっている。いろいろな問題を乗り越えてこそいい夫婦になれると信じてきたけれど、一緒に乗り越えようなんてしてくれない、むしろ問題を生み出すだけの夫ならいないほうがずっと楽だ。

「人生は一度きりよ、果穂さん」

「私……ひとりでやっていけるでしょうか……」

「もちろん。あなたは恭平が思ってるよりずっと強い人。仕事だってある。自分ひとりならちゃんとやっていけるはずよ。あなたが恭平の奥さんでいてくれるのはとてもありがたいし、安心でもあるけど、そう思うこと自体が罪よね」

「えー罪⁉」

さすがにそれは言いすぎだと朱里は主張するし、果穂も同感だ。けれど詩織は、本当に申し訳なさそうな顔で続けた。

「私たち夫婦が育て損ねた息子の尻拭いを、果穂さんに押しつけてる。それって罪以外のなにものでもないわ」

「あー……なるほど、そういう意味か……まあ……確かに……」

朱里の声が徐々に小さくなっていく。ここまできっぱり言い切られたら、反論の余地がないと考えたのだろう。ため息まじりに果穂を見て言う。

「息子かわいさに嫁を追い出したがる姑《しゅうとめ》っているらしいけど、詩織さんは全然違うもんね」

「はい。お義母さんは、本当に私を心配してくださってるんですよね」

「わかってくれて嬉しいわ。とにかくよく考えて。果穂さんが私の娘でいてくれるのはとても嬉しいけど、恭平と別れたとしても付き合っちゃいけないわけじゃないものね」

「そうそう。義理の親子を解消して『お友だち』になればいいよ。たまにうちで一緒にご飯食べたりしてさ」

「やだ、朱里ちゃん。ここでご飯を食べようと思ったら深夜になっちゃう。ここはひとつ『ナイトキャップを一杯』でしょ」

「そりゃそうだね。でも果穂さんは介護職なら夕方から夜にかけての勤務もあるでしょ？　勤務明けにうちに来てご飯を食べて、詩織さんはナイトキャップってことで」

「それってつまり、今日みたいな感じですよね？　すごく楽しみです」

食事を済ませて散歩に出てきた詩織と仕事を終えた果穂が、この店で会うというのは難しいことではないだろう。

肯定的な果穂の言葉に、詩織が目を輝かせた。

「楽しみにしてくれるのね！　でも、無理はしないで。疲れてご飯を作りたくない日はここで済ませちゃえばいい。で、ひとりじゃ寂しいなって思ったら、私に連絡してね！」

「了解です。お義母さんも、話し相手が欲しくなったら連絡してください」

「そうするわ」

「やったー！　常連がひとり増える！」

朱里の嬉しそうな声が深夜のカフェに響き渡る。だが、次に彼女の口から出てきたのは、少々意外な言葉だった。

「……という話はさておき、果穂さん、結論は今すぐ出さないほうがいいよ」

「え、どうしてですか？」

「そう。夜中って妙にテンションが上がっちゃうときあるじゃない？　夜中に大きな決断をして、あとで悔いることになってほしくないよ」

「なるほど……夜中に書いたラブレターを朝になって破り捨てたくなる感じかしら？」

詩織のたとえに、朱里は声を大きくした。

「そうそう、それよ！　感情が高ぶって、清水《きよみず》の舞台から大ジャンプ。で、足も腰も痛めちゃって二度と立てなくなったら大変。まずは、清水の舞台の近くまで行ってみて、大丈夫かどうか高さを確かめる時間がいると思う」

「そんなことしたら、怖気《おじけ》づいて飛べなくなりそうです……」

「それならそれでいいんじゃない？　飛ぶ恐さが今の生活を続ける辛さに勝るなら現状維持もあり。果穂さん、明日は仕事？」

「はい」

「それならちょうどいいわ。一晩ひとりで過ごして、明日は朝から仕事をして、夜には家に帰る。帰っても旦那さんは出張でいないから、やっぱりひとりになる。その暮らしをずっと続けられるか、ゆっくり考えてみて」

このタイミングで出張なんて神様の采配としか思えない、と朱里と詩織は頷き合っている。確かに『清水の舞台の高さ』を調べるには絶好の機会、と納得した果穂は、ホテルに戻ることにした。

果穂が財布を開くことはなかった。誘ったのはこちらだからと、詩織が払わせてくれなかったのだ。そればかりか、そのまま向かいのコンビニで飲み物、ついでに朝ご飯用のパンまで買ってくれた。

「今日はありがとう。あとはひとりでゆっくり考えて。どんな結論になっても、あなたと私のお付き合いは続いていくと信じてるわ」

「それは間違いありません。私こそ、いろいろありがとうございました」

「じゃ、気をつけてね」

そこで詩織と別れ、果穂はホテルに戻った。

そして翌日の夜、神様の采配が本当に至れり尽くせりだったことを知ったのである。


およそ一ヶ月後、準夜勤を終えた果穂は『ポラリス』に続く階段を上がった。

「いらっしゃいませ、カウンターへどうぞ！」

ドアを開ける前に朱里の声が響いてきた。果穂の忙《せわ》しない足音が聞こえたに違いない。

席に腰掛けるなり取り出したスマホを見て、ぎょっとする。

「もうこんな時間……もっと早く来るつもりだったのに」

「なんで？」

「なんでって……」

『ポラリス』は朝までやっている店だし、目下の果穂には帰宅を待つ家族もいない。なにを急ぐことがあるの？　と言われれば答えようがなかった。

「うちは、ちゃんとしたご飯が食べたいのに仕事が長引いて難民化しちゃった人のためにある店。なんならさっき開店したばっかりよ」

「確かに……。朝起きて、家事をして、仕事に行って、終わったら駆け戻ってまた家事をする。そんな生活が染みついちゃってたんですね。もうそんな必要ないのに」

グラスに水を注ぎながら、朱里が嬉しそうに言う。

「必要なくなった……じゃあ、結論が出たのね？」

「はい。思ったより考える時間があったので」

「思ったより？」

「実は、先月ここにお邪魔した翌々日、夫が帰ってこなかったんです」

「え!?　まさか旦那さんのほうが家出!?」

家を出るつもりだったのは果穂のはずだった。それなのにどうして……と目を見張る朱里に、果穂は経緯を説明した。

「夫の出張が長引いたんです。トラブルがあったみたいで、一泊の予定が結局三泊になりました」

「わー大変。でも、果穂さんにはラッキーだったのかな？」

「ラッキーって言っちゃうとちょっとひどいですけど、考える時間はたっぷりありました」

「一日と三日じゃ、全然違うもんね。さすがに三日いないと寂しくなったりして」

「それが……」

かなり後ろめたそうな表情だったのだろう。朱里がぷっと噴き出して言った。

「その分だと、まったく寂しくなかったのね？」

「そうなんです……。自分でもびっくりしました」

一日目、恭平がいないとわかっている家に帰るのは寂しいどころか嬉しかった。

その日、遅番予定の同僚から遅刻の連絡が入った。聞けばやむを得ない事情で、所長から残業してくれないかと頼まれた果穂は、ふたつ返事で引き受けた。いつもなら恭平が不機嫌になるのがわかっているから、なんとか断る、あるいは引き受けるにしても三十分とかせいぜい一時間なのに、遅番の同僚が来るまで残ることができた。

おかげで所長は大喜び、同僚も大いに感謝してくれた。帰宅後も、誰に文句を言われるでもなく、昨日の残りのカレーを食べた。

ご飯は保温しっぱなしになっていたせいで、少し硬くなりかけていたけれど、カレーなら問題ない。恭平が残ったご飯を冷凍するなんて思いつくわけがないにしても、せめて保温スイッチぐらい切ってほしかった。だが、それができないのが恭平という人で、だからこそ果穂は決断を強いられているのだ。

温め直したカレーと予想どおり手つかずだったサラダを平らげ、風呂に入った。少なめにお湯を入れ、一時間近く半身浴を楽しんだ。恭平はお湯をたっぷり入れたい人だから、彼がいれば到底できない贅沢だ。おまけに、風呂上がりにビールまで呑んでしまった。

恭平がいれば散らかり放題になる部屋も、果穂ひとりだときれいなまま、洗濯だってひとりぶんなら明日でもかまわない。ほろ酔い気分でベッドに入り、のびのびと眠った。

まるで天国、というのが一日目の夜の感想だった。

翌朝の勤務は早番だったのに、少し寝過ごしてしまった。寝る前に呑んだアルコールの影響を受けた、あるいは家の中があまりにも静かだったからかもしれない。ぎょっとして飛び起き、大慌てで支度をしたけれど、ふと時計を見るといつもと大差ない時刻で、これなら……と朝食も食べた。コーヒーまでしっかり飲んで出勤したが、遅刻どころかいつもより数分早めに職場に着くことができ、今までいかに恭平に時間を使っていたのかを痛感した。

それが無駄な時間だと思うと、過去の自分の選択を頭から否定するようで辛くなるが、事実は事実と受け入れるしかなかった。

二日目は早番だったおかげで退勤も早かった。カレーは食べてしまったから、今日は夕飯を作らなければ……と急ぎ足でスーパーに向かう途中で恭平から連絡が入り、出張が延びたことを知らされた。

寂しさは一抹もなく、ただただ安堵した自分に苦笑しつつ歩くスピードを落としたとき、映画館のポスターが目に入った。そこには、学生時代から大好きだった俳優の姿があった。

当時は有名とはほど遠く、端役しかもらえていなかったのに、このポスターの映画では準主役を演じている。真ん中近くに大きく写っている姿が頼もしい。

『大根役者』だの『棒読み』だの言われ、一度は引退してよそで働いていた。噂では会社員としてそれなりに生活はできていたそうだ。けれど三年ほどしたあと、やっぱり自分にはこの道しかないと舞い戻り、とうとう大役をつかみ取った。好きなことが諦めきれず、安定した暮らしを捨ててまで戻ってきた彼を応援したくてチケットを買った。なんといっても、今日は急いで帰って食事の支度をする必要などないのだから……

スクリーンの彼は、以前よりずっと深みのある演技をしていた。おそらく、不本意に違いなかった三年間のサラリーマン生活と、復帰への道の険しさが彼を育ててくれたのだろう。

映画を観たあと、果穂はこれからの自分の生き方を考えた。

正直に言えば、不安はものすごく大きい。だが、恭平は果穂が介護職を続ける上でスキルアップすることなどまったく望んでいない。むしろ妻、あるいは母としてもっと頑張ってほしいと思っている。

このまま彼と一緒にいても、資格試験はおろか、仕事を続けるための助力すら望めないに違いない。

あの俳優の年齢は自分と大差ない。彼が頑張れたのなら自分にだってできる。夫と別れることで得た時間や労力を勉強に充てれば、資格だってきっと取れるはず。知識と経験を重ね、もっともっと入所者の力になることができるに違いない。

——私は、私自身の道を歩みたい。そしてそれは、恭平さんといては歩けない道なんだ……

それが、恭平と離れて過ごした三日間で得た結論だった。

彼が戻った翌日、仕事が休みだった果穂はしっかり夕食を調えた。いつもなら作れないような手の込んだ料理、しかも自分の好物ばかりが並んだ食卓に、恭平はものすごく満足そうだった。

そして、これこそあるべき姿、やはり主婦は家事をしっかりやってこそだ、と悦に入る。さらに、「俺は十分に稼いでいる。働く必要のない人間が働くのは、本当に働かなければならない人間の職を奪うことになって迷惑でしかない」とまで言い放った。

それを聞くにいたって、最後の迷いは吹っ切れた。

——やっぱ無理だ。もうこの人とはやっていけない。私の決断は間違ってない！

そう確信した果穂は、食後、離婚の話を切り出した。

まず彼はあっけにとられたような顔をした。そのあと、俺と別れてどうやって生活していくつもりだ、と上から目線で説教をしてきたが、果穂はすでに計画をしっかり練り上げていた。自分の給料で借りられそうなアパートに目星をつけ、月々の食費や光熱費、その他諸々まで入れたリストを作っておいたのだ。

プリントアウトした計画表を彼に渡し、私はもっと成長したい、このままあなたに庇護されるだけの生活は送りたくない、と言う果穂に、恭平は苦虫を嚙み潰したような顔をしていた。

それから何度か話し合いを重ねたものの、果穂の意思が固いと知った恭平は離婚を承諾した。案外早くけりがついたな、とは思ったが、去ろうとする妻にしつこく追いすがるなんてプライドが許さなかったのだろう。もしくは、恭平に仲裁を求められて家に来た詩織が言い放った「妻を見下しているくせに、いざ成長しようとしたら邪魔するなんてありえない。本気を出されたら敵わないってわかってるからじゃないの？」という言葉が図星すぎた可能性もある。

こういった場合、いくらひどくても息子は息子、と庇う母親が多い中、詩織は見事な援護射撃をしてくれた。もしかしたら詩織は、果穂さんが頑張るなら、おまえだって頑張ればいい、と言いたかったのかもしれない。そうすれば、いつかまた同じ道を歩ける日が来るかもしれないと……けれど、詩織はそんな助言はしなかった。おそらく、誰かに言われるのでなく自分で気づかないと意味がないと判断したのだろう。

「……というわけで、離婚することになりました。お義母さん——じゃなくて詩織さんには、今後はお友だちとしてお付き合いさせてくださいってお願いしました」

「嫁姑《よめしゅうとめ》からお友だちか。あんまり聞かない話だけど、なんか素敵」

「踏ん切れたのは、ここで詩織さんや朱里さんと話せたおかげです」

あの日、ここに来られて本当によかったと喜ぶ果穂に朱里が言う。

「巡り合わせって不思議よね。でも、そもそもあの日、果穂さんが家に帰らないって決断をしなければここに来ることはなかったんだよね。果穂さんは自分で第一歩を踏み出した。これからも、胸を張って進むといいよ」

「はい！」

「でもって、詩織さんともども『ポラリス』をよろしくね！」

「もちろんです。ご飯はすごく美味しいし、落ち着いてお話もできますし」

「果穂さんはもう外食だってし放題だよね。やったー！　これで『ポラリス』の常連がひとり増える！」

歓声を上げる朱里に、慌てて果穂は答える。

「そんなに頻繁には来られません。せいぜい二ヶ月か三ヶ月に一度とか……」

「うちの常連さんはみんなそれぐらいよ。とにかくご贔屓《ひいき》に。よそのファミレスとか行かないでね」

「大丈夫です。こんな遅くまでやってるお店はここぐらいですから」

「それだけの理由？　えーん、なんか寂しいよー。よーし、こうなったら営業時間だけが理由じゃないって思い知ってもらおう！」

大げさに泣き真似をする朱里を笑いながら、果穂は思いを巡らせる。

恭平に惹かれて付き合い始め、結婚したことに後悔はない。ただ、人は変わるし、心理的な距離が近づくことでそれまで知らなかった一面が見えてくることもある。

見えてきたのが好ましくない一面だったとしても、許容できる場合とその逆がある。相手にプラス要素が多ければ多いほど、許容できることも増えるのだろうけれど、今の果穂にとって恭平のプラス要素は結婚生活を続けさせるほどではなかった。

そしておそらくそれは、恭平にとっても同様だ。彼にとって魅力的な妻であればもっと尊重してくれただろうし、気遣いに富む態度を取ったはずだ。

ただ守られるだけではなく、自分の足で立ち、自分の力で生活したい。完全に対等な夫婦なんてあり得ないし、詩織みたいな気持ちのゆとりがあれば、多少高圧的な態度に出られても許せたかもしれないが、自分にはできなかった。

許せない自分が悪いのか、許さねばならない状況を作った恭平が悪いのか……などと考えていると、目の前にグラスが置かれた。

径も脚も細く、美しいシャンパングラス。薄い琥珀色《こはくいろ》の液体で満たされ、底から細かい泡が立ち上っている。

同じグラスを自分の前にもひとつ。ただし、朱里のグラスの中は濃い茶色――おそらくウーロン茶か麦茶だろう。

グラスを手にした朱里は、果穂にグラスを持つように促《うなが》し、元気な声を上げた。

「果穂さんのリセットに乾杯！」

言われるままにグラスを上げ、乾杯の仕草をして一口呑んだあと、ため息まじりに言う。

「リセットって、すごく素敵な表現……長い人生、リセットだって必要ですよね。大変かもしれないけど……」

「大丈夫。詩織さんっていう頼りになるお友だちもいるし、私だっている」

「え……朱里さんにも相談していいんですか？」

ご迷惑じゃ……と躊躇《ためら》う果穂に、朱里は胸を叩いた。

「もちろん。うちにはいろんなお客さんが来るし、悩みを聞くことも多いの。果穂さんの『リセット』にも、多少は役に立つアドバイスができると思うよ」

「頼りにしてます」

お任せあれ、と笑う朱里の後ろに詩織の笑顔が見えるような気がした。

まさか自分に、こんなに大きな決断ができるとは思っていなかった。それでも悔いはない。そんなふうに考えられるのはきっと詩織のおかげだ。恭平との出会いも悪いことばかりではなかった。

——これからの人生は今よりきっとよくなる！

果穂は自分にそう言い聞かせつつ、またグラスに口を付ける。

軽い甘みと炭酸の刺激が心地よい。まさかシャンパンが用意してあったとは思えないから、おそらくスパークリングワインだろう。まったく問題ない。スパークリングワインとシャンパンなんて、所詮産地の違いでしかないのだから……

営業中のカフェの店主らしく、自分だけノンアルコールドリンクで乾杯を済ませた朱里が訊ねてくる。

「果穂さん、お夕飯まだなんだよね？　和食と洋食、どっちにする？」

「この前は和食をいただいたから、今日は洋食にしようかな……」

「そうだね、洋食のほうがスパークリングワインには合う」

やっぱりスパークリングワインだったんだ……と忍び笑いを漏らしつつ、洋食セットの中身を訊ねる。

「今日は、具だくさんのジャガイモスープと黒パン。あとはチーズの盛り合わせよ」

「朝ご飯みたいなメニューですね」

「と思うでしょ？　でも、外国じゃ案外こういう晩ご飯が多いらしいよ。むしろメインは昼ご飯とか……夜しっかり食べる日本とは違うんだって」

「そうなんですか……。でも確かに、ハムとチーズならスパークリングワインには合いそう」

「でしょ？　リセット祝いにとびきり上等のハムを切っちゃうね！」

朱里が鼻歌まじりにハムの塊を出してくる。その鼻歌はかつて救急病棟を舞台にしたドラマのために作られ、人生応援ソングに必ずと言っていいほどあげられる曲だった。

「何度だってやり直していいんですよね。一万回やって駄目でも、一万一回目ならうまくいくかもしれないもの！」

「そうそう。挑み続ける人間の寿命はきっと長い。やり直す時間なんていくらでもあるよ！」

果穂はもちろん、言った本人も笑い転げている。根拠不明だとわかっているのだろう。けれど、前向きに生きれば身体中が活性化して長生きできるような気がする。なにより『リセット』すると決めた以上、信じて進むしかない。

「ありがとうございます。私、頑張りますね！」

「その意気よ！　フレーフレー果穂さん！」

朱里はまず右手、続いて左手を斜め上に伸ばす。エールを交換する応援団みたいな姿に、果穂はさらに元気をもらった気がした。

通院患者の迷い

コンビニから出たところで、池山勇治《いけやまゆうじ》はふと足を止めた。

勇治は次の誕生日で六十八歳を迎える。四十三歳で先代の大野祥吾《おおのしょうご》から金属加工会社『大野溶鋼』の社長を引き継ぎ、今なおその地位にある。そろそろ引退してのんびりしたいと考えているのだが、なかなか退かせてもらえない。引き継いでから二十五年の間に、会社の規模はおよそ倍になったし、製品の品質も取引業者をして「特殊加工のネジは大野さんのところのでなければ」と言わしめている。

幸い従業員たちは真面目で人柄もよく、みんなして勇治を慕ってくれて引退をよしとしない。結果として、この年まで現役を続けることになってしまったのだが、近頃どうにも体調がよくない。

従業員たちには口を酸っぱくして健康診断を受けろと言ってきたが、自身は忙しさにかまけてろくに受診しなかった。ところが今年に入ってから、妙にトイレが近い。たぶん前立腺が肥大しているのだろうが、この年なら普通にあることだ、なんて放置していたら、息子に叱られた。

ただの肥大ならよくあることだが、もしかしたら悪い病気の始まりかもしれない。とにかく一度医者にかかれ、と息子だけではなく息子の妻や孫にまで言われて渋々病院に行ったところ、思いもかけない病気が見つかってしまった。

自覚症状がないままに進行し、気づいたときにはどうにもならなくなるそうで、おそらく若いころから抱えていた病気だろう、と言われてしまったのだ。

ドラマなどで「どうしてもっと早く来なかったんだ」と医師に言われて悄然《しょうぜん》とする患者がよく描かれているが、まさか自分が体験するとは思ってもみなかった。さらに悪いことに、症状を軽減させるためには生活習慣の根本的な見直しが必要らしい。

暴飲暴食を避けるのはもちろんのこと、規則正しく生活し、カロリーを抑えつつ栄養バランスのいい食事を取り、適度に運動もしなければならない。そんなことを言われても食事をするのにカロリーや栄養のことなんて考えたこともないし、運動する時間もない……と戸惑う勇治に、医師は家族の有無を訊ねた。

ひとり暮らしだと答えると、医師はパソコンを操作してカレンダーを表示させた。日付のところにバツやマルが並び、丸の下には小さく数字が添えられている。なにかと思えば、入院受け入れ可能数、つまり病棟のベッドの空きを示しているらしい。

「三週間後の月曜からなら空きがあります。半月以上ありますから、スケジュール調整は可能ですよね？　とりあえず入院していただいて……」

聞いたとたん、勇治は大いに慌てた。入院が必要なほど悪いのか、というのと、たとえ半月以上先だとしてもそう簡単にスケジュール調整なんてできない、というふたつの理由からだった。

「先生、俺は入院しなきゃならないほど悪いんですか？」

「ああ、今回の入院は教育入院です。この病気は食事療法を欠くことができませんし、ご家族がいらっしゃらないのなら、ご自身だけで管理しなければなりません。池山さんはこの病気についての知識をあまりお持ちじゃないようなので、しっかり学んでいただく必要があります。とはいっても、ご自身だけでは難しいでしょうから、入院して実際の食事も体験しながら病気について学んでいく、という形がいいんじゃないかと……」

「入院して学ぶ……それは、どれぐらいかかるんですか？　一泊……じゃさすがに無理か。二泊三日ぐらい？」

「初めて教育入院される方は、原則十日です。でも、池山さんはかなりお忙しいようですから、短期コースで頑張っていただきましょう」

「短期だと何日？」

「五日、正確には五泊六日ですね」

「それじゃあ丸々一週間じゃないですか！　絶対無理です！」

声を大きくした勇治に、医師は困ったように答える。

「無理って言われても、ご自身の身体のことなんですよ？　このままの生活を続けていたら悪化する一方ですよ？」

教育入院とはいっても無制限に受け入れられるわけではない。とにかく患者の多い病気だし、入院設備のないクリニックから回されてくることもあって、ひどいときは二ヶ月、三ヶ月と待たせることもある。一ヶ月以内に入院できるのは稀《まれ》だし、これを逃すと次はいつになるかわからない、と医師は言う。

それでも、トイレが近いぐらいしか自覚症状がないのに一週間も仕事を休むのは無理だ、と答える勇治に、医師は引導を渡すように言った。

「そうやってこの病気を甘く見ているからこそ教育入院が必要なんです。お忙しいのはわかりますが、なんとか職場の方たちに協力してもらって入院してください。さもないと、仕事どころじゃなくなりますよ」

そして彼は、仮押さえしておきます、という言葉とともに、勇治の情報を入力していく。キーボードを叩く強さに苛立ちが込められている気がして、勇治はなにも言えなくなってしまった。

——仕方がない。この場では無理だから、あとから電話でもしてキャンセルしよう……

そんな考えのもと、勇治は診察室をあとにした。

それが先週の月曜日のことで、今日は木曜日だから仮押さえされた入院日まではあと十日ほどしかない。どうせキャンセルするなら早く連絡をしたほうがいいと思いつつも、医師の厳しい眼差しを思い出すたびに躊躇《ためら》われ、ずるずると日が過ぎるという最悪の状況だった。

それならそれで入院できるようにスケジュールを調整すればいいようなものだが、年度末に向けて仕事はどんどん忙しくなる。

急な注文が入ることも多いが、従業員たちは日常業務で手一杯だし、腕が鈍っていないか確かめたい気持ちもあって、ついつい自分で作業を引き受けてしまう。そうした大急ぎの注文は無理難題であることがほとんどなので時間がかかり、誰もいなくなった作業場で黙々と仕事を続けるというのはままあることだ。

かくいう今夜もそんな事情で、職場を出たのは午後十一時。これでもまだ早く終わったほうで、少しでも手元が狂ったら日付が変わっていたに違いない。とりあえず電車が動いている時刻でよかった、と安堵しつつ最寄り駅まで戻ってきて、コンビニで飲み物を購入したところだ。

本当は食事も買いたかったけれど、残っていたのは焼き肉弁当やクリーム系のパスタばかりだった。正直、空腹は限界に近いのでどちらでもいいし、両方買うことすら考えた。だが、勇治のすぐあとから入ってきた女性にそれを阻まれた。

勇治が買おうとした弁当を彼女が攫《さら》っていったわけではない。ただ、彼女はこの間診てもらった病院に勤める看護師で、勇治の検査結果に眉を顰《ひそ》めた。そして、もっと気をつけないと目が見えなくなったり、足が壊死《えし》したりしますよ、と般若みたいな顔で言い放ったのだ。

彼女は真っ直ぐに弁当コーナーにやってきて、パック入りのサラダを手にしてそそくさと去っていったから、勇治には気づいていないだろう。それでも、診察室での彼女の恐い顔を思い出した勇治は、ボリュームたっぷりの焼き肉弁当やパスタを買う気が失せてしまったのだ。

——俺も気が小さいよな、医者の言うことをろくに聞く気もないくせに、本人を目の前にしたら弁当すら買えなくなっちまう。仕方ない、家でうどんでも食うか……

確か、冷凍庫にレンジで温めるだけのうどんが入っていたはずだ。いつ買ったかわからない真空パックの山菜ミックスもある。山菜もうどんも身体に悪いものではないから、この時刻でもギリギリ許されるだろう。

ため息まじりに弁当売場を離れ、ビールを選んでレジに向かう。しかも本物のビールではなく第三のビールで、エコバッグを忘れたためにレジ袋も買った。店の外に出てから、ビール一本ぐらい鞄に突っ込めばよかったと気づいてげんなり——それが、勇治の現状だった。

こんな夜中まで働いたのに食えるものは山菜うどんと『なんちゃって』ビール。自らの不摂生が招いたこととはいえ、なんとも哀れだ。連れ合いでもいれば、旨くて身体にいい夜食を作ってくれただろうけれど、勇治の妻は、四十年も前に逝《い》ってしまった。本人も心残りだったに違いないが、勇治の動揺は半端ではなかった。なにせ、彼女は三歳になったばかりの息子を置いていったのだから……

目の前が真っ暗というのは、あのことだ。寒い冬の朝だった。ついさっきまで元気に動き回っていたのに、電子レンジの設定時間が訊きたくて振り返ったら、妻がゆっくりと倒れていくところだった。

駆け寄って声をかけたが、うんともすんとも言わない。これはまずいと救急車を呼んで病院に運び、あれこれ手を尽くしたが結局意識を取り戻すことなく逝《い》ってしまった。

原因は心筋梗塞《しんきんこうそく》。もともとふっくら……いや、はっきりいって肥満体型だったから、心臓に負担がかかりすぎていたのだろう。自分でもわかっていただろうに、ダイエットをすることもなく「だって美味しいんだもん！」とカロリーたっぷりの食事やデザートをぱくついていた。幸せそうに食べる妻がかわいくて、ついついそのままにしてしまった自分を責めても後の祭りだった。

妻が亡くなったあと、両親や親族を頼れるだけ頼ってなんとか息子を育て上げた。その息子も四十三歳、工業系の大学を出て『大野溶鋼』に入って二十年になる。もともと手先が器用で根気強く、経営についても自分なりに学んでいるらしい。妻に似たのか楽天家で周りともうまくやっているから、このままなら『親の七光り』と言われずに社長の座につくことができるだろう。

我ながらいい息子に育てたと自負する一方、息子の中に妻の面影を見てはため息を吐く。大恋愛の末に結婚したというのに、たった五年しか一緒にいられなかった。もっともっと同じときを過ごしたかった。「ぽっちゃりがかわいい」なんて言っていないで、夫婦揃ってしっかり健康管理していれば、こんなことにはならなかっただろうに……

いずれにしても、もう妻はいない。自分もどれほど病院に通っても、生活習慣を見直さない限り病状は悪化の一方だろう。息子を一人前にするのに精一杯で自分を省みる余裕がなかったという言い訳も、息子が四十三歳ではもう通用しない。ただただ、怠惰な自分を思い知らされるのみだった。

このあと自宅に帰ったら、冷凍庫からうどんを出してレンジに入れる。山菜のパックを開けて水を切る。たったそれだけのことが億劫で仕方がない。さらに、うどんのツユまで作らなければならないと気づき、勇治は途方に暮れそうになった。

もうさっきの看護師はコンビニにはいない。戻って弁当を買い直そうか、と思ったとき、正面に看板があるのに気づいた。看板とはいっても、よくある二面の黒板を開いて設置するタイプで、そう大きくもないから、コンビニに入る前は目に入らなかったようだ。

――『ポラリス』か……ずいぶん遅くまでやってるんだな……

見上げると三階あたりにひとつだけ明かりがともった窓がある。雑貨屋と定食屋が一階に入っているが、二階から上は事務所ばかりだと思っていた。だが、そうではなかったらしい。

家に帰ったところで待つ人はいない。家までは歩ける距離だから終電を気にする必要もない。目についたのもなにかの縁、と勇治は狭い階段を上がってみることにした。

こんなにすいすい階段を上れるのだから、この年にしては上等だ。検査結果はよくないのかもしれないが、まだまだ大丈夫……などとひとり合点しつつ、古びた木製のドアを開ける。

ドアベルのカランという音に続いて聞こえてきたのは、元気な女性の声だった。

「いらっしゃいませ！　カウンターへどうぞ！」

中に入って姿を見たとたん、勇治は軽く息を呑んだ。なぜならその女性は、四十年前に亡くなった妻とそっくりだったからだ。もちろん、身体つきは全然違う。目の前の女性はどちらかというとスレンダーで、ダイエットとは無縁に見える。ただ、妻は身体はふっくらしていたものの、顔だけは小さかった。おかげで見た目にはそれほど太っているように見えず、健康診断の結果で実際の体重を知ったときはかなり驚いた。妻は、なんで見ちゃうのよー！　と怒っていたけれど、本人はもちろん、周囲も真剣にダイエットをすすめなかったのはそんな背景があったからだろう。

細い身体にふっくらとした顔と、ふっくらとした身体に小顔……どちらがいいなんて決める必要は皆無だが、とにかく目の前の女性はかつての妻そっくりの顔をしていた。

「お荷物は足下のカゴに入れてくださいね」

にっこり笑って女性が言う。

笑うとますます妻に似ている。妻は鹿児島の生まれで、兄妹やいとこ、その子どもたちまで含めても東京で暮らしている者はいない。世の中にはそっくりな人間が三人いるそうだが、彼女がそのうちのひとりなのかもしれない。

「お仕事帰りですか？」

カウンターの真ん中あたりの椅子を引き、足下のカゴに鞄とビールの入ったレジ袋を入れる。椅子に座ったのを見届け、女性がまた話しかけてきた。

「ああ、残業が長引いちゃってね」

「それは大変でしたね。その分だと、お食事もまだですよね？」

「そうなんだ。もしかして、なにか食べられるものがある？」

どう見ても店の造りはカフェだ。ホットドックかサンドイッチがあれば御の字、もしかしたらケーキとかアイスクリームといったスイーツ類しかないかもしれない。それでも……と訊ねてみたところ、返ってきたのは意外な言葉だった。

「ありますよ。洋食と和食、どちらがお好みですか？」

「選べるの？」

「はい。あ、でもちょっと待って、すっごくヘルシーな麺類もできます！」

「は……？」

「正直、食感は今ひとつなんですけど、温かくてローカロリー、というか麺に限って言えば糖質ゼロです」

今の勇治にはありがたすぎる話だが、なぜ糖質ゼロの麺類をすすめてくるのかわからない。どこかにヒントでもあっただろうか、と思っていると、女性がクスクス笑い出した。

「だって、さっき持ってたビール『糖質ゼロ』のやつですよね？」

「あ……そっか」

エコバッグと異なり、コンビニのレジ袋は薄くて中身が透けやすい。おそらく袋の外からでも特徴的な金と緑のパッケージが見えたのだろう。

「糖質ゼロ、カロリーもプリン体も超控えめ。毎日飲んでも大丈夫、が売り。こんなビールを選ぶんですから、食事だって気をつけてるのかなーって」

「気をつけてるっていうよりも、気をつけなきゃならないって感じだな。実際、あんまりうまくいってないけど、さすがにこの時刻だと……」

「なるほど。深夜の飲食だけでも気をつけようってことね。いいと思いますよ」

なにもしないよりずっといい、と女性はまた笑う。とにかく張りのある声、笑顔を絶やさない姿にまた妻を想う。妻もいつもこんなふうに笑っていた。亡くなる直前すらも……

表情に陰りが出たのか、カウンターの向こうの女性が少し眉を顰《ひそ》めた。それでも、なにを言うでもなく、勇治の言葉を待っている。そういえば注文を決めていたのだった、と気づき、慌てて口を開いた。

「じゃあ、その糖質ゼロの麺類ってやつを頼もうかな」

「はーい！　お蕎麦《そば》タイプとラーメンタイプがありますけど」

「蕎麦……にしようかな」

「正解です」

「は？」

「ラーメンタイプは正直、イマイチ……いや、イマニぐらい。お蕎麦のほうがずっとマシ」

「マシ!?」

そんなものをすすめるな、と文句を言いたくなった。

けれど女性は、ケラケラ笑いながら答える。

「ツユや具は手作りにして、めちゃくちゃ頑張ってカロリーや糖質を抑えてるんだけど、さすがに麺はどうしようもなくて市販のを使ってるの。あれもこれも試して、一番美味しいのを選んだけど、普通の麺に比べたらやっぱりちょっとね……って感じ。その中で一番なんとかなりそうなのがお蕎麦」

最初は『ですます調』だった言葉が、いつの間にか『タメ口』になっている。おそらくこの女性は普段からこんな言葉遣いで、初めてかつ年配の客だから丁寧な言葉を心がけてはみたものの、やっぱり続かなかったということなのだろう。普段の勇治なら、失礼だと感じたかもしれないが、この女性に限っては『あり』。むしろ、妻と話しているようで嬉しくなってくる。

しかも、ここまで内情を正直に語られたら、笑うほかはなかった。

「そうか、正解か」

「大正解。だってお蕎麦《そば》はダイエットと痛風《つうふう》の味方の鴨南蛮《かもなんばん》だし、お葱《ねぎ》もたーっぷり！　鴨もお葱もちゃーんと炙《あぶ》るから、すっごく香ばしくて甘いよ！」

「それは嬉しい。鴨は大好物だ」

「鴨が嫌いな人なんて珍しいもん。すぐに作るね！」

言うなり女性は後ろを向き、冷蔵庫から麺が入った袋を取り出す。真ん中に『糖質ゼロ』と書かれたパックに見覚えがある。スーパーでも売られているもので、気になりつつも買ったことはない。

ここで試して美味しければ、自分でも買うかな……と思いつつ見ていると、袋の口を切って笊《ざる》の上に勢いよく開ける。確か、『水を切るだけで使える』というのが謳《うた》い文句だったから、そのまま出汁《だし》に入れるに違いない。

麺の水を切ったあと、女性は小鍋に出汁を移す一方、フライパンをコンロにかける。手元には葱と鴨肉が入ったプラスティック容器もある。いつの間に……と思ったが、おそらく先ほど麺と一緒に出したのだろう。カフェの従業員なのに、熟練料理人のように手際がいいな、と感心してしまった。

出汁の入った小鍋をチラチラ見ながら鴨肉を焼き、ルビー色の肉が薄いピンクに変わったあたりで沸きかけた出汁の鍋に移す。残った油で葱を焦がし、これも投入。鴨の脂《あぶら》をまとった葱の甘みを想像しただけで、生唾が湧いてきた。

女性が不意にこちらを見た。もしかしたら、ごくん……という音が聞こえたのかもしれない、と少々恥ずかしくなったが、どうやらそうではなかったらしく、女性は小首を傾げて聞いた。

「明日も仕事？」

「もちろん。九時からばっちり仕事だよ」

「うーん……じゃあ、麺は二袋にしようか？」

「え……？」

一人前は一袋と決まっているだろうに、と思っていると、女性は何食わぬ顔で答えた。

「糖質はゼロだし、カロリーもすごく低いけど、その分食べ応えがないの。物足りなくてほかのものを食べたくなるより、麺を二袋にしちゃったほうが結果的にはヘルシーかも」

どうやら女性は、この時刻まで仕事をしていたのなら空腹は限界に近いはず、ひもじくて眠れないとなったら、明日の仕事にも差し障るだろう、と心配してくれているらしい。

言葉遣いこそ客商売としてはいかがなものかと思うけれど、それを補うに十分な気配りがある。勇治は胸の奥底にほどよく温められたカイロを入れてもらったような気がした。

「ありがとう。じゃあ、そうしてもらおうかな」

「ＯＫ」

握った拳の親指だけを立てたあと、冷蔵庫から麺をもう一袋取り出す。

外見や所作から考えて二十代後半か三十代前半だろう。もしかしたらバイトかもしれないと思っていたが、迷いのない動作や思いつきでこういった提案ができるところを見ると、店主に違いない。

名前はなんというのだろう。飲食店なら食品衛生管理者を置かなければならない。もしかしたらコーヒーソムリエなどの資格も持っているかもしれない。どこかに資格証でも貼ってあるのではないかと壁を見回したが、それらしきものは見当たらなかった。

普段ならそこで諦めるが、ここまで妻に似ているとやっぱり気になる。やむなく勇治は正面切って訊ねてみることにした。

「差し障りがあったら答えなくていいんだけど、君、名前は……」

「あかり」

返ってきた答えに、勇治は唖然とする。姓ではなく名前を訊ねたいと悟られている以上に、『あかり』という名前自体が驚きだった。

「それはどんな字を書くの？」

「朱色の里って書いて『あかり』。本当は朱色の星で『あかり』にしたかったらしいんだけど、苗字と合わせたら画数があんまりよくなかったんだって。ナンセンスだよね」

『朱星』のほうがよかったのに、と朱里は唇を尖らせる。だだをこねる幼児のような表情に、つい目尻が下がってしまった。

「どうして『朱里』じゃなくて『朱星』がよかったの？　どっちもいい名前だと思うけど」

「名前に『星』が入ってるのがいいの。『ポラリス』店主『朱星』、すごくかっこいいじゃない」

「そうか『ポラリス』は北極星だもんな」

「そ、星つながり。でも里じゃねえ」

「今、全国の『朱里』さんを敵に回したぞ？」

「ヤバっ！　でも『朱里』は十三画、『朱星』は十五画。十五画って大吉らしいよ」

「『朱星』は大吉なのか……」

「そうなんだって。でも、うちの親は苗字と合わせたら総画が凶になっちゃうから『朱里』にしたらしいよ。苗字なんて結婚したら変わるかもしれないんだから、いっそ『朱星』にしてくれたらよかったのに」

「姓名判断なんてあてにならないよ。里だろうが星だろうが、駄目なときは駄目」

口調がとことんしみじみしたものになる。我ながら思いを込めすぎだろう、と思っていると、朱里がこちらをじっと見ていた。

「もしかして『朱星』って名前の人を知ってるの？」

「女房。旧姓のときは総画があんまりよくなかったらしいんだけど、俺と結婚して大吉になったって大喜びしてた。それでも五年もしないうちにあの世行き。なにが大吉だよ」

それまでは姓名判断を人並みに気にしていたし、息子が生まれたときも凶にならない画数の名前を選んだ。だが、大吉に転じて五年で妻が亡くなったとき、姓名判断ほどあてにならないものはないと思った。以来、姓名判断は話半分どころか、話四分の一、五分の一ぐらいで聞くようにしていた。

ところが朱里の考えは、勇治とはまったく別のものだった。

「もしかしたら、奥さんにとってその五年はものすごく幸せな期間だったんじゃない？　だったらやっぱり大吉でしょ」

「幸せだったと信じたいし、信じてもいる。でも、たとえそうだったとしても、たった五年で終わりなんてひどいだろ」

「うーん、どうだろ……。さすがに、名前で寿命までは変えられないんじゃない？　どのみちそこで亡くなることになってたけど、名前が変わったことですごく幸せな終わりを迎えられた、とかない？」

「幸せな終わり!?　いきなり倒れてそれっきり、覚悟もなにもなくあの世行きだったんだぞ!?　しかも三歳の息子を残して！　どれほど心残りだったか……」

思い出すたびに無念さに言葉が詰まる。たとえ事情を知らないにしても、あれが幸せな終わりだなんて言われたくなかった。

　だが朱里は、まるでその場で見ていたような顔で言う。

「いきなり倒れて意識がないまま亡くなった。でも奥さん、その直前まで笑ってたんじゃない？」

「そりゃ笑ってたさ。日曜日、寒い朝だったが家の中は暖かくて、息子はテレビでアニメを見てた。女房もお気に入りのアニメで、ふたりでケラケラ笑ってた。録画されたもので何度も見てるのに見るたびに大笑い……もう一回、って息子にせがまれた女房が少し離れたところに置いていたリモコンを取ろうと立ち上がったとたん……」

　スローモーションのようにくずおれる妻――息子も勇治も、てっきりふざけているのだと思ったが、妻は倒れ伏したまま。ただごとではないと救急車を呼ぶまでの三分間、それから救急車が到着するまでの十五分間……怯えて泣く息子をなだめつつ、生きた心地がしなかった。

　それでも、『直前まで笑っていた』という朱里の言葉に間違いはなかった。

「確かに……笑っていたのは笑っていた。でも！」

「幸せだったんだよ、奥さん。いい旦那さんとかわいい息子に恵まれて、のんびりすごす休日の朝。もしかして朝ご飯はお客さんが作ってたんじゃない？」

「ああ……。息子が女房と一緒にテレビが見たいって聞かないから、じゃあ朝ご飯は俺が作るよ、って台所に立ってた」

休日だから時間はたっぷりある。妻と息子の大好物のフレンチトーストでも作ってやろうと、食パンを牛乳をまぜた溶き卵に浸して染み込むのを待っていた。「レンジにかければ早いよ」なんて妻に言われ、皿ごとレンジに突っ込んで設定時間を訊ねようと振り向いたとき、倒れていく妻を見た。

勇治の説明に、朱里はさもありなんと頷く。

「やっぱり。本当に本当に幸せな、奥さんにしてみれば理想の日曜日。痛みも辛さも皆無。それが最後の記憶なら、これ以上にない幸せな終わりだよ」

「たった二十九年の人生でもか⁉　しかも女房の家は経済的に恵まれなくて、子どものころからずっと苦労してきた。高校生のときからバイト三昧、金がなくて大学にすら行けず、就職もそれなりのとこしか入れず、結婚してようやく一息つけた。子どももできて、これからもっともっと幸せになれるってときだったんだぞ！」

ついつい大声になった勇治に、朱里は耳に指を突っ込みつつ返す。

「そんなに大きな声を出さないで。ずっと苦労してた人がようやく授かった幸せなら、もっともっと価値が高いよね。どれだけささやかだったとしても、大きな大きな幸せに感じられたはず。奥さんは間違いなく幸せだった。たとえお子さんをあとに残すことになったとしても大丈夫、って信じて旅立てた、とは思えない？」

「あとに残すことになっても……？」

「そう。旦那さんと周りにいる人たちが、きっとちゃんと育ててくれる。そう信じられるってすごいことじゃん。実際、ちゃんと育てたんでしょ？」

もう一人前になってる年だよね？　と朱里に確かめられ、勇治はこくんと頷いた。

「とっくに。そろそろ会社の代替わりも考えてる」

「ほらね。奥さん、きっと喜んでる。空の上で星になって、毎晩ありがとうって瞬《またた》いてるよ」

きっと赤い星だね、と朱里は笑う。赤い星なんて火星ぐらいしか知らないし、火星は遥か昔からあるのだから妻のはずもない。それでも、朱里に言われると火星に妻が宿っているような気になる。

それほど、朱里の言葉には不思議な説得力が溢れていた。

「喜んでる……か。そうだといいな……」

「奥さんの夢とか見る？」

「近頃少し」

「近頃？　亡くなったばかりのころは？」

「それが全然。せめて夢にぐらい出てこいよ、薄情なやつだなって恨めしかったぐらい」

「亡くなった人じゃなくて残された人が『うらめしや』？」

それはちょっと珍しいかも、と朱里は笑う。そして、また悟りきったような顔で言った。

「亡くなったばかりのころって、いろいろ大変で寝る暇もなかったんじゃない？」

「確かに」

当時は両親はもちろん祖父母も健在で、親族として葬儀に出た経験すらなかった勇治は、葬儀場の担当者に言われるままに喪主を務めた。双方の親族に事情を説明するのに一苦労だったが、もっと大変だったのは息子の世話だ。

三歳というのは中途半端に周りの状況がわかり始める時期で、母親がいないことはわかってもそれがなぜなのかということも、もう二度と戻ってこないということも理解できない。ただ「ママはどこ?」「いつ帰ってくるの?」を繰り返し、母の姿を求めて泣き叫び疲れ果ててようやく眠るという日々。勇治自身は息子が眠ったあとも、家事をこなさなければならない。保育園に預けられるのはありがたかったが、何組もの着替えや給食のためのフォークやスプーン、コップといった食器類、細かいものでは着替えたものを入れるビニール袋などを揃えて持たせるのは一苦労だった。

それより大変だったのは毎日の連絡帳で、息子の家での様子を事細かく綴った妻の書き込みを見て、いかに自分が息子を見ていなかったかを痛感させられた。それでもなんとか数行綴り、諸々の持ち物とあわせて通園用の鞄に入れる。業務日誌を書くよりも数倍大変な作業だった。

あまりにも大変で、いっそ家に置いておきたいと思うほどだったが、それでは勇治が仕事にならない。たとえ今のように在宅勤務が当たり前の世の中だったとしても、金属加工が主たる業務である以上、出勤せざるを得なかっただろう。

見かねた両親がしばらく預かろうかと言ってくれたが、それでは妻が悲しむと思って頑張り続けた。結果として、勇治が床につけるのは日付が変わったころ、しかも枕に頭を置いたとたんに意識を失うような寝入り方だった。

当時の様子を聞いた朱里は、さもありなんと頷く。

「やっぱりね。それじゃあ夢なんて見ないよね。奥さんは登場する隙すらなかったんじゃない？」

夢を見るのは眠りが浅いときなんだから、という朱里の言葉に、今更ながら納得する。同時に、やはり妻は言いたいことがたくさんあったのに夢ですら伝えられなかったのか、と申し訳ない気持ちでいっぱいになってしまった。

「俺は本当に駄目な夫だったんだ……」

「あ、ごめん、間違えた！」

慌てた声で垂れていた頭を上げると、朱里が深々と頭を下げていた。

「どうしても伝えたいことがあるなら、なにがなんでも夢に割り込んでた。それをしなかったのはやっぱり安心してたからだよ！」

「それまで育児……いや、息子の身の回りの世話なんかしてなかったのに？」

育児にまったく関わっていなかったとまでは言いたくなかった。少なくとも、息子を風呂に入れたり、公園に連れていって遊ばせたりはしていた。時にはふたりで留守番して、買い物でもしてこいと送り出すこともあった。なのに妻は、息子や勇治の服や、ふたりが好きな食べ物ばかり買ってくる。自分のものを買えばいいのに、と勇治に言われて「すごく楽しかったからいいの！」なんて言っていた。

そうして出かけても夫や息子のことを考えていた妻と自分の差に打ちのめされそうになる。

朱里はまるで勇治の心の中を読んだように言う。

「世話はしてなくても、息子さんとの信頼関係はちゃんと築けてたんじゃない？　それがあれば大丈夫、身の回りの世話なんてただのルーティン、いわばテクニックなんだからなんとでもなる。ましてや、お客さんは手先が器用な職人さんだったんでしょ？」

今でこそ機械にデータを入力すれば大抵のものは作れるが、昔は職人の腕や勘に頼るところが多かった。先代から社長の座を譲られたのは、人柄はもちろん優れた職人だからこそ、従業員たちにしっかり背中を見せられる男だったからこそだと周りは言うし、勇治もそう信じている。身の回りの世話を『ただのルーティン、いわばテクニック』と言うならば、確かに勇治の得意とするところだった。

「すごい説得力だな……」

「これでもけっこういろいろあったからね。とにかく奥さんは幸せだったし、すごく急だったにしても、あとのことはあんまり心配せずに旅立った——そういうことにしておけばいいと思う。真相なんて誰にもわからないんだからさ」

朱里はしれっとそんなことを言う。ついさっきまで、まるで空の上の妻と会ってきたみたいな話しぶりだったのに、とおかしくなったけれど、気が楽になったことは確かだ。それよりも気になったのは、何気なく吐かれた「けっこういろいろあった」という言葉だった。

「いろいろって？」

「いろいろはいろいろ……なんていうか、私、勘がよすぎるんだよね」

「うん、勘も察しもよすぎてびっくりするというか、ちょっと恐いぐらいだ」

「うわ、お客さん、めっちゃストレート！　でも、要するにそういうこと」

相手が考えていることがなんとなくわかってしまう。黙っていればいいのに、余計なお節介を焼くことも多い。当てずっぽうにしては的中頻度が高すぎて、気持ち悪いと言われる。明るい性格だから誰とでもすぐに仲良くなれるが、せっかく親しくなっても気味悪がられていつの間にか疎遠になる。そんなことを繰り返しているうちに、友だちを作ること自体が嫌になってしまった、と朱里はため息を吐いた。

「どうせ途中でなくすなら最初から持たないほうがいい、って思っちゃったのよね」

「それは……なんていうか寂しいなあ……」

「寂しいけど気楽でもあるよ。それでも付き合ってくれる友だちがまったくいないわけじゃない。

本当にわかってくれる友だちがひとりいれば十分。普段の話し相手ならお客さんたちがいるし」

「客でいいのか？」

「こういう言い方をしちゃ失礼だけど、わかりやすくていいんだよ。お客さんは嫌なら来ないでしょ？　言いたい放題で考えてることズバズバ当てられて嫌だと思ったら来なくなる。それでも来てくれるってことは、気にしてないってことでしょ？」

「ここの常連はそんなやつばっかりってことか」

「そのとおり。みんな私の言いたい放題を楽しんでくれてる。それどころか、当てずっぽうを頼りに相談に来る人までいるの。でも、トラブルがゼロってこともない。面と向かって『気持ち悪いやつ』って言われることもある。そんな日はやっぱり落ち込むよ。『いろいろある』っていうのは、そういう意味」

「そうか……まあ、なんというか、頑張ってくれ」

「やだ、頑張ってくれ、はお客さんのほうでしょ！」

いつの間に立場が逆転したの、と大笑いしたあと、朱里は真顔に戻って呟いた。

「あーあ、やっぱり私も『里』じゃなくて『星』がよかったなあ……。だったらお客さんの奥さんみたいに幸せたっぷりだっただろうに」

「短命でも？　たぶんうちの女房が逝《い》っちまったのって、今の君とどっこいどっこいか、もっと若いかぐらいの年だぞ？」

「それは悩む」

「だろ？　なにより君は若くして一国一城の主になってる。それって周りから見たら結構幸せなことなんじゃないか？」

「うー……隣の芝生ってことか」

「まさに。ってことで、その鴨南蛮《かもなんばん》、そろそろ食わせてくれないか？」

「あちゃー！　忘れてた！」

小鍋の中のツユはふつふつと沸き、葱《ねぎ》も鴨もくたくたに煮えている。鴨は煮えばなが好きだが、これだけしっかり煮込めば出汁《だし》が染み出してさぞや旨いツユになっていることだろう。

「ほんとにごめんね。すっかり話し込んじゃって。でも安心して、この麺、全然伸びないから！」

普通の蕎麦《そば》を使っていたら大変なことになっていた、と朱里は苦笑する。こんな身の上話を持ち出した俺が悪い、と言う勇治に、彼女は真顔で答えた。

「持ち出したっていうか、聞き出したんだよね。お客さんがあまりにもしょぼくれ……じゃなくて、気落ちしてるように見えたから」

「しょぼ……確かにな！」

自分でも驚くほどの笑い声が出て、朱里がにっこり笑った。

「よかった……そんな声で笑えるなら大丈夫だね。あとは鴨南蛮で温まって」

「そうさせてもらうよ。で、帰って女房に『おまえと同じ名前の子に会った。おまえみたいに明るくて朗らかな子で顔もそっくり、ちょっとドジなところも一緒だった』って言うよ」

「うわー『ドジ』！　思いっきり昭和の死語で語られた！」

カラカラと笑ったあと、朱里は使った小鍋やフライパンを洗い始めた。もう邪魔しないから、ゆっくり食べてということだろう。

細かい脂《あぶら》が浮いたツユは思ったとおり鴨特有の甘みがある。煮えすぎで硬くなったのではと危ぶんだ肉は思ったよりずっと柔らかく、弱りかけた歯でも難なく噛める。煮えてくったりした葱《ねぎ》はつゆをたっぷり吸って噛むたびに口中に熱を放つ。どれもこれも呑み込むのが惜しいほどだった。

意外だったのは麺で、勇治は以前にも、ヘルシー料理が売りの食堂で『糖質ゼロ』の麺を食べたことがあったが、正直旨いとは思わなかった。あまりの味気なさにうんざりして、これを食べるぐらいなら食べずに我慢した方がマシと思ったぐらいだったのだ。

だが、この麺は全然違う。ツユとの相性もあるのだろうけれど、噛み応えがしっかりしているのにするすると喉を通っていく。ダイエット食品にありがちな物足りなさも、麺を二袋使うことで補われている。足りなくてほかのものに手を出すぐらいなら、最初から麺を二袋使う。その満足度の高さに目から鱗《うろこ》が落ちる思いだった。

「これ……旨いな。糖質ゼロ麺なのに」

「糖質ゼロもいろいろなのよ。それより、糖質を気にするのはダイエット目的？」

「ダイエットっていえばダイエットかな。実は俺、病気があるらしいんだ。とはいっても、医者が言うほど深刻じゃない。たぶん脅しだと思ってるんだけど」

「医者が言うほどって……お医者さんは深刻だって言ってるの？」

「まあね。生活を改善しないととんでもないことになるって」

「ちょっと待って、それって……」

朱里が口にしたのは、医者が指摘したずばりそのものの病名だった。

「よくわかったな」

「誰だってわかるでしょ！　それより、その病気なら呑気にしてる場合じゃないよ！」

「よくある病気じゃないか。日本人なら六人にひとりは罹《かか》ってるって……」

「だからみんなが苦労して節制してるんじゃない！　失明したり足を切り落とす羽目になったりしてもいいの!?」

「そんなことにはならないだろ。今だって、痛くも痒くもないし」

「それがこの病気の恐いところなんだよ！　うちは病院が近いからお医者さんや看護師さんが来てくれることも多いんだけど、口を揃えて言ってるよ。あの病気は自覚症状がないままどんどん悪くなっていって、気づいたときには細かい血管が詰まりまくってどうにもならなくなる。後悔しても後の祭りだって！」

「血管が詰まる？」

「そんなことも知らないの？　ちゃんと勉強しなきゃ駄目でしょ！」

朱里の声がどんどん大きくなっていく。つり上げた目も声音もそっくりで、まるで妻に叱られているみたいだった。

「勉強か……医者にもそう言われた。一度入院してちゃんと勉強しろ、だとさ」

「入院？　ああ、教育入院ってやつだね。それは絶対やったほうがいい」

「そうはいっても、いろいろ忙しくてね。今日だってこんな時間まで働いてるぐらいなんだ。とてもじゃないけど入院なんて……」

強引に仮予約を入れられたけれど、キャンセルしようと思っていると告げた勇治に、朱里は舌打ちせんばかりだった。

「なに言ってんの!?　あーもう……」

そう言いながら、朱里はドアのほうを見る。もしかしたら、自分だけでは説得しきれないから常連の医者か看護師が来てくれないかとでも思っているのかもしれない。

だが、どんなに権威のある医者や熟練看護師が来たところで、勇治の現状が変わるわけではない。

七十歳目前になっても、名指しで勇治に仕事を頼んでくる客はいるし、少しずつ息子に委ねつつあるにしてもまだまだこなさねばならない社長業務も多い。入院、しかも治療ではなく教育のための入院なんてしている暇はなかった。

幸か不幸か、ドアはピクリとも動かない。朱里が諦めたように勇治に視線を戻した。

「取り返しのつかないことになった人の大半が言うんだよ。あのときに帰りたい、それができたら今度こそもっと真面目に病気に取り組んで、ここまで悪化なんてさせないのに、って。今がそのときだよ。お客さんの場合は、まず認めるところから始めなきゃ」

「認めるってなにを？」

「代わりなんていくらでもいるってこと」

まず言い切ったあと、朱里は勇治を正面から見据えて続けた。

「人間ってさ、自分は唯一無二、代わりはいないって信じたがるけど、必ずしもそうとは限らないんだよ。特に仕事の場合、代わりなんていくらでもいる。社長だろうと会長だろうと、俺がいなけりゃ潰れちゃう、なんて会社はそもそも潰れたほうがいい。働いている人にとっていい会社とは思えないから」

「はっきり言うなあ……」

「奥さんの代わりに言ってるって思ってくれていいよ。健康そのものっていうならまだしも、心配な病気があるならそろそろ社長の座は譲るべき」

「それは俺だってわかってる。でも、周りは止めるし、俺自身もどうにも任せきれなくてさ」

息子をはじめ、しっかり仕込んだつもりの部下たちでも、やることを見ているともどかしくて仕方がない。特に特殊な加工を手がけているときなど、「うおっ！」なんて奇声を上げげて、作業を止めさせたくなる。

会社経営という面ではそれなりでも、『大野溶鋼』の神髄たる特殊金属加工についての技術はまだまだ、現場から目を離すことはできないと勇治は考えていた。

ところが、勇治の説明を聞いた朱里は、とんでもなく情けなさそうな顔で言った。

「『まだまだ』って言うけど、その分だとお客さんのお眼鏡に適う日なんてこないんじゃない？」

「そんなことはないよ」

「どうだろ……跡を継いでくれるのがどんな優秀な人だったとしても、何十年も社長をやってきた人から見たら頼りないに決まってる。でもさ、よーく考えてみて、自分が社長になったばっかりのときはどうだった？」

朱里の言葉で、自分が社長業務を受け継いだときのことを思い起こした。

先代の社長は、『大野溶鋼』を一から創った人で、技術も人柄も素晴らしかった。工業高専から大学に三年次編入してしまうほど優秀だったそうだ。

卒業後は大手企業に入社してみるみる出世したというのに、こんなに大きな会社、しかもマネジメント業務なんて自分に向かないとあっさり退社。銀行から融資を取り付けて金属製品を加工できる工場を作り、もっぱら特殊な現場でしか使われない金属部品の生産に着手した。

そういった特殊部品は、必要とされる数が少なくて採算が取れないために大きな工場で作られることはない。だからこそ小規模工場が食い込む余地がある、と考えたらしい。

現場担当者と打ち合わせを重ね、ぴったりの部品を削り出す——技術も根気も必要な仕事を黙々とこなし、地道に会社を大きくしていった。特殊な建物を手がけることが多い有名建築家に気に入られ、今では『大野溶鋼』はデザイナーズ住宅業界の下支えとして知る人ぞ知る会社になった。

その『大野溶鋼』の次の社長に指名されたとき、勇治は本当に困惑した。絶対にできないと思ったし、そう言ってもみた。ところが先代は一笑に付し、それどころか「おまえが継いでくれないなら会社を畳む」とまで言い出したのだ。

その時点で従業員は三十五名、さすがに全員を路頭に迷わせるわけにはいかないと引き継いだものの、もっぱら現場作業ばかりしていた勇治が楽々社長業をこなせるはずがない。やることなすこと失敗ばかり、ひとつ成功したと思ったらふたつしくじるという悲惨な状況だった。

それでも先代も、従業員たちも勇治を責めることはなく、一緒に頑張ろうと心をひとつにしてくれた。おかげで気持ちにゆとりが生まれ、苦手だった外部との交渉も少しずつうまくいくようになっていったのだ。

「俺が社長になったときに比べりゃ、息子のほうがずっとマシだ。少なくとも、いずれ社長になるかもしれないって前提で俺の仕事を見てきたし、手伝わせることもあったからな。少なくとも経営については俺よりずっと勉強してる」

「社長になる、じゃなくて、なるかもしれないっていうのは面白いね」

社長の子、しかも息子なら当然社長を継ぐだろうに、と朱里は言う。けれど、縁もゆかりもない自分が先代から社長を引き継いだのだから、次の社長が息子でなければならない理由はない。息子より適当な人物がいればその人に社長を譲るつもりだった。だからこそ、息子を含めた複数の従業員に同じように仕事を見せ、技術を磨かせてきたのだ。

朱里の目が大きく見開かれた。

「すごーい……。普通なら、息子をしっかり仕込んでほかの人と差をつけて……とか思うものなのにそんなふうに考えてたんだ」

「当たり前だ。俺だって先代の社長の息子を押しのけて社長になったんだからな」

「え……前の社長さんって息子さんがいたの⁉」

てっきり跡取りがいなくて優秀な従業員に白羽の矢を立てたとばかり思っていた、と朱里は目を丸くしている。無理もない。先代社長には息子がふたりもいた。言葉は悪いが、ひとりだけなら『使い物にならない』ということもあるかもしれないが、ふたりもいるのだからどちらかは跡継ぎにできるはずだ。かくいう勇治も、最初に聞いたときは、先代社長がおかしくなったと思ったほどだ。

だが、何度断っても先代社長は譲ってくれなかった。

「俺が会社の経営なんて門外漢すぎるって言ってもどこ吹く風。『経営なんぞ、勉強すればどうにでもなる。だが、おまえほど客の注文どおりのネジや金具を削り出せるやつはいない。俺すら敵わない。なんのかんのいっても、うちは町工場だ。うちのトップには、そういうやつにいてほしいんだよ』って言われた」

「うわー、かっこいい！　お客さん、目茶苦茶見込まれてたんだね！」

「そういうことになるのかな……。本当にかわいがってもらったよ」

「でも、先代の息子さんたちがよく納得してくれたね。どう説得したの？」

普通なら一波乱ありそうな話だ。よほど興味を覚えたのか、朱里は話の先を促《うなが》した。

「俺も、なによりそれが心配だった。でも、育てたように子は育つっていうが、先代の息子はふたりとも先代そっくりの考え方だったんだ」

「というと？」

「うちは町工場なんだから、腕のいい人が社長を務めるのが当然。むしろ腕で従業員をねじ伏せられる人じゃなきゃ、って言うんだ」

「ちょっと待って、お客さんの会社の人って、ねじ伏せなきゃならないような人ばっかりなの？」

「そうだとも言えるし、違うとも言える」

これは先代社長から聞いた話だが、当時の『大野溶鋼』の従業員たちはなかなかの難物揃いだったらしい。難物というと聞こえが悪いが、揃いも揃って頑固一徹、仕事には一切妥協しない職人肌の人ばかり。むしろ先代は、そういう人ばかりを狙って採用していたそうだ。かくいう勇治もそういう質《たち》だったから、十分納得できる話だった。

「誰も彼も腕に自信があるやつばかり。そんな連中を牛耳ろうと思ったら圧倒的技術力が必要。今みんなが機嫌よく働いているのは、トップの自分の腕に一目置いてるからだって言うんだ。だからこそ、同等かそれ以上の腕のやつを社長に据えなきゃ納得してくれないって」

「息子さんたちじゃ無理だったってことか……」

「らしい。俺にはどこが違うかさっぱりわからなかったけどな」

示された設計図を見て、そのとおりに作っているだけのこと。誰でも同じようにできるとばかり思っていたのに、勇治以外の職人が手がけても一度でＯＫがでない。二度、三度と作り直してやっと納品できるという具合だった。先代曰《いわ》く『天性の勘』、だからこそ次の社長はおまえしかいない、息子たちも納得している、ということだった。

「ますますかっこいいじゃん！」

「まあ、そんなわけで、先代の息子は俺を恨むこともなく、今も専務と常務として俺を助けてくれてる」

「親が人格者なら子どももそうなるんだね。先代の息子さんたちはおいくつぐらい？」

「年？　確か俺より五つ下と七つ下」

「お客さんより若いんだね。それならますます安心じゃない」

「安心？」

「だって、頼りになる専務と常務がいて、息子さんと一緒に仕込んだ『社長候補』が何人もいる。しかも、会社の採用方針は変わってないんだよね？　誰が社長になっても、しっかりした技術さえあれば納得って人ばっかりなんでしょ？」

自分が社長になれなかったからってひがんだりしないはずだ、と朱里は言う。会社の連中を見たこともない、勇治とですら今日初めて会ったというのに、なぜそんなにきっぱり言い切れるのか謎でしかないが、実のところ、朱里の言うとおりだった。

「ああ、そういう意味では潔《いさぎよ》いやつばっかりだ。俺の息子が次の社長になるって決まったとき、みんなして息子の肩をバンバン叩いて、『頑張れよ！　俺たちがちゃんと支えてやるからな』って言ってくれたそうだ。聞いたときは涙が出たよ」

「ほらね、だったら余計に大丈夫。教育入院なんてせいぜい一週間ぐらいでしょ？　二ケ月も三ケ月も留守にするわけじゃないんだから、その間ぐらいどうにでもしてくれるよ」

「そう……かな」

「そうに決まってる。だから、息子さんや従業員の人たちのためにも、ちゃんと入院して勉強して、前向きに治療しなきゃ」

「考えてみるかな……」

「考えてみる、じゃなくて、明日にでも病院に行くんだよ」

「なんのために？」

「手続きとか、入院前の説明とかあるんじゃないの？」

「そういやそんな話もしてたな……必ず説明を聞きに来てくれって……」

朱里に言われて思い出した。あのときは入院するつもりなんてなかったから、説明の予約も取らなかった。キャンセルがふたつになってはさすがに洒落《しゃれ》にならない。入院については仕方がないにしても、事前説明については帰宅次第スケジュールを確認してネットで予約を取ります、と言って逃げ出したのだ。

「でしょ？　ところで、息子さんは病気のこと知ってるの？」

「いや……」

なにせ自覚症状がない。健康診断で受けた血液検査の結果がよくなかったことは告げた記憶はあるが、具体的にどこがどうとは伝えていない。

一緒に住んでいるわけではないから、それまで大好きだったビールを控えたり、糖質ゼロタイプに変えたりしたことにも気づいていないはずだ。それに、万が一気づいていたとしても、中高年男性にありがちな別の病——たとえば痛風《つうふう》などを疑うぐらいだろう。それでも痛がっていたことなどないから予備軍、医者に注意を促《うなが》された程度に思っているに違いない。

勇治の話を聞いた朱里は、さもありなんという顔で言う。

「じゃあ、まず息子さんに伝えるところからだね。あの病気は遺伝的な要素も大きいらしいから、息子さんだって気をつける必要があるし」

「遺伝……そういやおふくろがそうだったな」

「でしょ？　若いうちから気をつけて管理していかないと。これはもう家族ぐるみで頑張るしかないね」

「そうだな……息子には女房も子どももいる。上の子は大学進学を控えてるから、これからますます金もかかる。病気になってる場合じゃない」

「じゃあ、息子さんの奥さんにも伝えなきゃ。その上で、入院に備えて仕事を調整する」

「いやいや、やっぱり来週は急すぎる。仕事を調整してから入院を決めるってことで……」

「だーめ！　さっきも言ったでしょ？　日本人はこの病気にとっても罹《かか》りやすいの。患者は山ほどいるし、教育入院だってそう簡単にできるとは限らないんだよ。まず『入院権』を確保しなきゃ」

『入院権』なんて権利があるのだろうか。あるとしても、あまり欲しくはない。けれど、どうやら入院する必要はあるらしいし、病室を確保するという意味なら『入院権』をゲットすべきという朱里の言葉は正しかった。

「じゃあ、明日にでも病院に行くよ」

「絶対だよ！　指切り！」

ぐいっと小指を差し出されたが、さすがに赤の他人、しかもこんなに若い女の子と指を絡ませるのは恥ずかしすぎる。両手を背中に隠すように引っ込めて答えた。

「大丈夫、指切りなんてしなくてもちゃんと行く。なんなら今すぐネットで予約も取る」

「ネット予約！　それがいいよ！」

二十四時間予約が可能なんてすごいね、と目を輝かせる朱里に見守られ、というか見張られ、勇治はスマホを操作して予約サイトを開く。きっと明日なんて空いていないだろうと思ったが、午後一番に空きがあった。おそらく都合が悪くなった誰かがキャンセルしたに違いない。

「あーよかった。これで安心。ではご褒美に、美味しいお茶でも入れましょう」

朱里がにっこり笑って急須を出してきた。

緑茶は眠れなくなるかもしれないから、と新品らしき茶葉の袋を取り出す。どこかで見たようなパッケージだと思っていると、朱里が袋の表を勇治に見せながら言った。

「加賀の棒茶だよ。知ってる？」

「加賀……そうか、去年金沢に行ったから、そのときに見たんだな」

「買わなかったの？　美味しいのに」

「急須で入れるのが面倒で。それに、北陸はいい日本酒が揃ってるから、お茶より酒だった」

「わかる気はするけど、ほどほどにね。日本酒は糖分の固まりだし」

「うー……入院したらそういうの山ほど聞かされるんだろうな……。あれも駄目、これも駄目の生活か……」

「さっき予約サイトを見たけど、すぐそこの病院でしょ？　あそこの先生たちなら、まったく駄目なんて言わないよ」

医師たちは、好きなものを禁止されるストレスが患者に与える影響についてちゃんとわかっている。だから、病気に悪いものであっても限りなくゼロに近づけたり、どうしても駄目な場合は代わりにできそうなものを提案してくれる。これまで制限なしに楽しんできたものを、少しずつ長く楽しむように言われるだけだ、と朱里は言い切った。

「ずいぶん自信があるんだな。そんなにそこの病院の先生たちはここに通い詰めてるのか？」

「通い詰めてるってほどじゃないけど、このあたりには夜中にご飯が食べられる店がそんなにないし、ファミレスと違ってある程度融通がきくから定期的に来てくれる人は多いよ。お医者さんも看護師さんも。店を開けて最初に来てくれたのも看護師さんだったし」

「そうか……」

このあたりに限らず、全国を探しても糖質ゼロの麺を二袋使った鴨南蛮《かもなんばん》なんて出す店はないだろう。融通がきくにもほどがある、と笑い出したくなるほどだった。

「みんないい人だし、勉強熱心。お医者さんや看護師さんの中には高飛車で患者を滅入らせるような人もいるけど、そこの病院なら大丈夫」

「わかってる。看護師さんにしても、すごく恐い顔で叱ってくるけど、無理やり恐い顔してるのがわかるんだ」

きつい言い方をされたが、よく見ると心底心配そうな目をしていた。ストレートな言葉を使わないと聞かない患者だとわかっているからに違いない。若い女性の看護師のひとりは、ギャンギャン言ったあと、「ほんとにもう……」なんて呟いていた。実際に声に出してはいないが、確実に唇がその形に動いていて、おかしさと申し訳ない気持ちでいっぱいになってしまった。

「そこまでわかってるなら、もっと早くちゃんとしてあげてよ。みんな大変なんだからさ。ドタキャンなんてもってのほかだからね！」

「わかった、わかった。ちゃんと行くよ。病気のことをしっかり勉強して、無事退院したらここに報告に来る。それでいいだろ？」

「えっと……嬉しいのは嬉しいけど、うちは夜中にしか開いてない店でしょ？　こんな時間にうろうろせずにしっかり寝たほうがいいと思う」

「そうか……あ、じゃあ、今日みたいに残業で遅くなったときに寄るとか？」

「それもどうかと思う。あ、そだ！」

そこで朱里はスマホを取り出し、さくさくっと操作してSNSのページを表示させた。

「これ、うちのお店のSNSなの。退院したら、ここにメッセージを送ってくれない？　それでちゃんと安心できるから」

「なるほど、SNSっていろんな使い方ができるんだな」

「便利な世の中よね！　ってことで……」

そこで朱里は、勇治の手元を覗き込む。さっき出してもらった湯飲みはいつの間にか空っぽ、さっさと帰って寝ろ、と言いたいのだろう。

「ごちそうさん。じゃ、俺はこれで帰るから会計を頼むよ」

「はーい！　麺一袋割り増しになるけど」

「当然。なんなら棒茶の分も取ってくれ。ものすごく旨いお茶だった」

「封を切ったばかりの加賀棒茶が美味しくなくてどうするのよ。でもサービスで出したものでお金なんて取れません」

ただでさえ深夜料金込みで割高なのに、と朱里はふざけるが、示された金額は割高とはほど遠い。鴨も葱《ねぎ》も相当質の高いもののようだし、『糖質ゼロ』の麺を使っている。スーパーで見たとき、『糖質ゼロ』の麺は普通のものに比べて二倍近い値段がつけられていて驚いた記憶がある。

それを二袋入れた上に、葱も鴨もたっぷり……どう考えても採算度外視としか言いようのない金額だった。

「もうちょっと高くてもいいと思うぞ」

「そう？　じゃあ、もうちょっと上げようかな……って、鴨南蛮《かもなんばん》なんてメニューに入ってないよ」

「え、普通の鴨南蛮もメニューに入ってないのか？」

「入ってませーん！　うちのお客さんは夜中にもかかわらずしっかり食べたいって人が主流なの。ダイエット中って人にはローカロリーにして出すこともあるけど、鴨南蛮を、しかも『糖質ゼロ』の麺で食べたいなんて人はいそうにないもん」

「じゃあなんで……」

出汁《だし》はすでにできていたし、鴨も葱も用意があった。『糖質ゼロ』麺も少なくとも二袋は冷蔵庫に入っていたはずだ。客用でないとしたら……と考えた勇治は、はっとして顔を上げた。

「もしかしてこれ、賄《まかな》い用だった？」

「せいかーい！　毎日毎日夜中に食事をしなきゃいけない哀れな店主用の夜食でーす！　昼間はいいけど、夜中の糖質はストレートに太るんだよー」

「それは……申し訳ない」

「大丈夫。まだ出汁も具もあるし、『糖質ゼロ』のお蕎麦《そば》はなくなったけどラーメンなら残ってる」

「鴨南蛮にラーメンを入れるの⁉」

「そうだよ。ラーメンっていっても普通のとは全然違うし、鴨南蛮にしても違和感ないよ……やったことないけどね！」

言い終えたあと、朱里は盛大に笑った。自分で自分の言葉がツボにはまって大笑いする姿が、また妻に重なる。妻もこんなふうに片手でお腹を押さえて笑ったものだ。なにがそんなに面白いのか勇治にはさっぱりわからないことでも、楽しそうな妻を見ていると自ずと目尻が下がった。

妻は今も、空の上であんなふうに笑っているだろうか。そうであってほしい、と願いつつ支払いを終え、古い木製のドアを抜ける。

カランカランという心地よいベルの音に送られて狭い階段を下りていく。建物の外に出ると、さっきよりもさらに冷え込んだ空気が頬を刺す。

それでも、特製鴨南蛮と朗らかな店主のおかげで、身も心も温かいし、見ないふりをしてきた病と真剣に向き合う覚悟も定まった。

この道の先には、明日の予約を取った病院がある。前の通院からずいぶん間があいているから、また看護師に恐い顔をされるかもしれない。それでも「教育入院することにした」と言えば、褒めてくれるに違いない。

妻に会いたい気持ちはたくさんある。でも、四十年も待たせているのだから、あと十年や二十年かかったところで同じだろうし、空の上からこちらの様子はきっと見てくれている。

『そんなに急いで来なくていいよ。どこにも行かないし、ずっとここで待ってるから！』

そう言って両手をパタパタと振る妻が見えるような気がした。

医師の悩み

狭い階段をとぼとぼと上がる。正直に言えば、目を開けているのも辛いほど疲れている。目を瞑《つぶ》っていても大丈夫なぐらい使い慣れた階段ではあるが、さすがにそれはやめておく。万が一足を滑らせて怪我でもした日には、自分が大変なだけではなく周りに迷惑がかかりすぎる。

自分が健康でバリバリ仕事をしなければ、生きられない人がいる。それは大きな働き甲斐とともに、薄紙のような疲労をもたらす。どれほど薄くても、何十枚何百枚と重なれば存在を無視することはできなくなってしまう。そうなる前にまとめて引き剥がす――それがこの階段の先にある店を訪れる意義だった。

「こんばんはー！　カウンターに座るねー！」

古い木製のドアを開けるなり、精一杯声を張る。自分にも、ドアの向こうにいるだろう店主――朱里にも、空元気だとわかっていることは百も承知で……

カランカランというベルの音を打ち消さんばかりの声に、朱里が笑い転げた。

しばらく笑っていたあと、はあーっと息を吐いて言う。

「そんなふうに入ってくるのは、琴音《ことね》ぐらいだよ！」

「だって『いらっしゃいませー！　カウンターへどうぞー！』っていうの、もう聞き飽きたんだもん。カウンターしかない店のくせに、ほかにどこに座れってのよ！」

「聞き飽きるほど来てくれてありがとと！　でも、よそでそんなこと言っちゃ駄目だよ」

「言わない、言わない。こんな意地悪、よそでは絶対言わない」

「意地悪だってわかっててやるのは質《たち》が悪すぎるって……と言いたいとこだけど、まあしょうがないか。琴音に関して言えば、ここはサンドバッグみたいなものだもんね」

「サンドバッグ……」

失礼極まりない表現だが、正直その役割を期待して訪れているのは間違いない。笑って許してくれる朱里の寛容さが、すでに救いだった。

「ごめん……いつも甘えちゃって悪いとは思ってる」

「うわ、急に神妙にならないで。琴音らしくないよ。それに、無理やり元気そうにしなくてもいいし。なけなしのエネルギーが枯渇しちゃうじゃん」

「とはいってもさ……あ、和食セットお願い」

忙しく言葉をやり取りしながらも、いつものようにカウンターの上に置かれている品書きに目を走らせ、注文を決める。これは患者の様子を観察しつつカルテを確かめ、現状を記載するという医師のノウハウがそのまま生かされた形だ。

とはいえ、この店の品書きはカルテと比べようもないほどシンプルで、和、洋の二種類しかないセットの内容が簡単に記されているだけである。

本日の和食セットは、けんちん汁、鯖《さば》の味噌煮、小松菜のおひたし、白飯。洋食セットはクラムチャウダー、ローストポーク、シーザーサラダ、バゲットとある。シチューかと思うほど濃厚なクラムチャウダーは絶品でバゲットとの相性もバッチリ、ローストポークは豚肉独特の風味とビタミンB1がたっぷり取れる安心感が捨てがたい。

いつもなら一も二もなく洋食を選ぶ琴音だったが、今日に限っては醤油仕立てのけんちん汁が食べたい。けんちん汁には味噌とも醤油とも書かれていないけれど、朱里は鯖の味噌煮と味噌味のけんちん汁を一緒に出すなんてことはしない。十中八九醤油仕立てで間違いないだろう。

和食を選んだ琴音に、朱里がくすりと笑って訊ねた。

「面白くなさそうな顔して。なんかあった？」

「先輩の先生とちょっとね」

「まーた喧嘩したの？」

「喧嘩って言わないで。単なる話し合い、意見の食い違いよ」

「……と思ってるのは本人たちだけ。周りから見たら立派な喧嘩よ。最初は話し合いだったかもしれないけど、だんだん声が大きくなって最後はすごい勢いで右と左に歩み去った、でしょ」

「だって……全然譲らないんだもん」

「向こうもそう思ってるよ。聞かねえ女だ、ってさ」

「そりゃ聞かなくもなるよ。あの先生、手術の腕はピカイチだし、すごく一生懸命で最先端医療の勉強も目茶苦茶頑張ってるのはわかるけど、患者の気持ちに全然寄り添ってくれないんだよ！　まるでエンジニアが壊れた機械を直してるみたい」

エンジニアだって、ちょっと気が利いた人なら機械を人間扱いしてご機嫌を取る。非科学的と言われるかもしれないが、優しい言葉をかけながら油を差すだけですんなり動き出すことだってあるそうだ。機械ですらそんなことがあるのだから、人間ならなおさらだ。完璧な手術や投薬よりも優しい声かけで軽減する痛みだってあるはずだ、と琴音は考えていた。

ぶつぶつと文句を連ね続ける琴音に、朱里は苦笑しながら言う。

「はいはい、五万回聞いた。でもさ、いくら心を込めて身体を撫でてあげようが、優しい声をかけようが、それだけのために病院に来る人はいないよ。病院は治療するところなんだから、切ったり貼ったり、薬を出してもらったりしてこそでしょ。ただ優しい言葉が欲しいだけなら、占い師のところにでも行ったほうがいい。まあ、占い師もいろいろだけどね」

共感と慰《なぐさ》めを与えるだけではなく、ぶった切るタイプの占い師もいる。優しくしてほしいのにきつい占い師にあたってしまったら目も当てられない、と朱里は勝手に頷いている。琴音にしてみれば、先輩医師の言動はそれに等しいものがあった。

「そんなことぐらいわかってるよ。でも、適切な治療ができて、患者に寄り添えるのがいい医者でしょ？　片っぽしかできないなら、医者の看板なんて下ろしちゃえって話よ」

「まあそうかもしれないけど、琴音だって患者さんにきついこと言うときもあるじゃん。つい最近もやらかさなかった？」

カウンターの向こうの朱里は、妙にニヤニヤしている。

朱里とは高校一年からの付き合いだが、彼女は非常に察しがいい。いや、察しがいいなんて言葉では収まらない。こちらの頭の中を覗き込んでいるのではないか、と思うほど、過去の出来事や考えを言い当てられることが多い。こんなふうにニヤニヤ笑うときはとりわけ……

「やらかしてなんてないよ」

すっとぼける琴音に、朱里は顔の前で人差し指を左右に揺らす。

「一ヶ月ぐらい前に、七十歳前後の男性が来なかった？　金属加工会社の社長さん」

「金属加工会社……そういえばいたわ」

「でしょ？　で、こわーい顔で説教したよね」

「説教なんてしてない……ただ……」

「ただ？」

「ちゃんと治療しないと大変なことになりますよ、とは言ったかな……」

「ほらやっぱり」

「なんでわかるのよ……」

「うーん……状況証拠かな」

ふふっと笑ったあと、朱里は件《くだん》の患者の話をしてくれた。なんでも先月、琴音が勤める病院を受診してから数日後、彼はこの店を訪れたらしい。

「恐い顔の看護師に、このままじゃ目が見えなくなったり足が壊死《えし》したりするって脅されたって言ってた。でも、私の知る限り、あの病院にそんなにきついことを言う看護師はいない。琴音の病院だし、罹《かか》ってる病気から考えても、その『恐い顔の看護師』は琴音だろうなって。この間、勉強のためにあの先生の診察に立ち会わせてもらうことがあるって言ってたし」

年配の患者は、医師は男性だと思い込みがちだ。小児科や産婦人科ならともかく、大病院の内科ならなおさら男性ばかりだと思ったのだろう。たまたま診察室に居合わせた琴音を看護師だと思い込んだに違いない、と朱里はしたり顔で言った。

「そんなの私かどうかわかんないじゃん！　それに、あの患者さんの検査結果を見たら、誰だって同じことを言うよ」

「言うかもしれないけど、そこまで恐い顔にはならないよ。三十年近く社長をやってきた人なら、いろんな経験をしてるはず。その人が『恐い』って言うぐらいだから、相当だよ。きっと、高校のときに虐めグループに文句つけたときみたいな顔してたんでしょ。般若の元締めみたいな顔」

般若に元締めなんていないでしょ、と脱力する琴音に、朱里は依然として笑いながら言った。

「もののたとえよ。とにかくあのときはすごかった」

「あんたが言わないでよ。誰のためにやったと思ってるのよ！」

「はいはい、ごめんなさい。裏でネチネチ虐められてた私のため、だったね。あのときは本当にありがとう。でも、あのときから私、ずっと思ってるのよ」

「なにを？」

「琴音は頭もいいし、運動神経もよかったし、性格も勧善懲悪《かんぜんちょうあく》、猪突猛進《ちょとつもうしん》の恐いもの知らず。敵に回しちゃ駄目な人だ、って」

「勧善懲悪なんだから、悪いことしなければ大丈夫……ってそうじゃないでしょ！　誰が猪突猛進よ！」

「ごめん、猪突猛進は言いすぎた。ちゃんと考えてるよね」

「当たり前よ。あの患者さんだって、あれぐらい強く言わないと……。現にあの患者さんはちゃんと入院したし」

「みたいだね。知らないことばっかりだった、入院してよかったたって言ってた」

「ならよかったじゃん」

「そうだね。でも、要は琴音もあの先生も同じ、どっちも患者さんのことを考えてる。表現の仕方が違うってだけの話よ」

「それはわかってるけど……」

「言葉の選び方が下手なんだって思っておきなよ。そのほうがずっと平和だから」

「うーん……」

完全に納得はできないまでも、同じ穴の狢《むじな》かもしれないと思うと、先輩医師を許せる気がした。

「で、注文は和食セットだったよね？」

確認しながらも、朱里の手はすでに小鍋にけんちん汁を移している。予想どおりの醤油仕立て、薄切りの豚肉は身をよじり、小さな里芋がお玉から鍋の中にコロンと落ちる。里芋のねっとりした噛み心地が好きな琴音は、ついつい数を確かめてしまった。

「豚肉はたっぷり、お芋もたーっくさん入れるね！」

「嬉しい！　鯖《さば》の味噌煮は……」

「一番腹身が厚いやつ、ご飯はやや大盛り、でしょ？　わかってるって」

「ほんと、なんでもわかってくれてるよね。いちいち説明しなくても思ったとおりのご飯が出てくるんだから最高だよ」

「よく言うよ。よそでだって説明なんてしないくせに」

「そりゃしないよ」

飲食店、特に日替わり定食を扱うような店に入ってあれこれ言うのは粋じゃない。精一杯お値打ちに出してくれているのに、注文をつけるなんて論外——それぐらいの気配りはできるつもりだった。だからこそ、こんなふうに好みぴったりの食事を出してくれる『ポラリス』のありがたさが身に染みるのだ。

「カフェや定食屋さんはもちろん、高級料亭でだって出されたものに文句なんて言わない。気に入らなければもう行かなければいいだけだもん。でもここは職場から近いし、いつ来ても満席ってこともなくてのんびりできる。多少の難には目を瞑《つぶ》るつもりなのに、ご飯まで極上。友だちの贔屓目《ひいきめ》を抜きにしても、言うことなしだよ」

「褒めてくれるのは嬉しいけど、いつ来ても満席じゃないってのは……」

「いいじゃん。朱里だって満席にしようなんて思ってないんだから」

「う……」

珍しく言葉に詰まった朱里の表情がなんとなく懐かしい。昔はよくこんな表情をしていたが、近頃全然見ない。困ることがなくなったとは思えないが、自分の中で消化する術《すべ》を身につけたのだろう。

「ひとりでやってるんだし、いつも満席じゃ疲れ果てちゃうよ」

「そうなんだけど、私は夜中にご飯を食べる場所に困っている人のために『ポラリス』を開いたんだよ。うちのご飯で元気にしてあげたいのに、お客さんが来てくれなきゃお話にならない」

「それはわかってるけど、誰かを元気にするって大変なことだよ。一晩に何十人も来られたら、朱里が参っちゃう。今ぐらいがちょうどいいんじゃない？」

「まあね……」

「ってことで、いただきます！」

せっかく熱々を出してくれたんだから、と琴音は会話を切り上げて箸を取った。

丼物用かと見まがうような大きなお椀にけんちん汁がなみなみと入れられている。里芋にばかり気を取られていたが、よく見ると乱切りにされた牛蒡《ごぼう》や人参もたっぷり……さあ、大地の力を受け取れ！　と言わんばかりになっている。食が細い女性なら、これだけでお腹がいっぱいになりかねないが、今日の琴音は昼ご飯すらまともに食べていない。患者が多すぎて診察の合間にゼリー飲料を飲むのがやっとだった。本当はゼリー飲料よりもビスケットタイプのエネルギーチャージ食のほうが好きなのだが、乾ききったビスケットは案外食べるのに時間がかかるし、喉も渇く。一気に吸い飲みできるゼリー飲料のほうがあらゆる意味で好都合だった。

ただ、その好都合なゼリー飲料ですら飲んでからすでに八時間以上経っている。その間も忙しく動き回っていたから、チャージされたエネルギーはとっくに使い尽くされ、空腹は限界を超えていた。

ものすごい勢いで箸を動かし始めた琴音を見て、朱里が眉を顰《ひそ》める。

「またろくに食べてないんだね。忙しいのはわかるけど、もうちょっと自分の身体も労《いたわ》らなきゃ駄目だよ」

「そうしたいのは山々だけど、夜勤もあるし、食べるより寝たいって日も多いんだよ……」

そこで朱里は琴音の顔をじっと見つめ、ため息まじりに言う。

「確かに大変そうだね……問題は先輩の先生だけじゃないってことか」

ああやっぱり……という思いが湧く。

抱えている悩みはひとつだけではない。むしろ、先輩医師のように言うだけ言って鬱憤《うっぷん》を晴らせる問題なんてマシなほうだ。本当に深い悩みは心の底に横たわったまま、琴音の気持ちを重くしている。そして朱里は、いつだってそんな悩みの存在を見抜き、吐き出せるよう水を向けてくれる。

身体中にじわじわとぬくもりが広がっていく。心を見透かされることへの畏《おそ》れを一瞬だけ感じるものの、すぐに安堵に塗り替えられる。何度味わっても不思議な感覚だ。

今に至るまでに数えられないほど同じことがあった。こちらが口に出してもいない悩みを言い当てられ、ぽつりぽつりと詳細を話しているうちに、見事解決とはいかないまでも、こうするほかないよねえ……と思うところに落ち着くのである。

だから、朱里が『ポラリス』を開くと言ったときも、美味しい料理以上に彼女の存在そのものが癒《いや》しになる、訪れる人を元気にしてくれると思って背中を押した。『訪れる人』の中に自分が含まれることは言うまでもなかったし、実際に悩みを相談することも多い。そのたびに朱里は、ちょっと遠い目をして考えたあと、最適なアドバイスをくれるのだ。

今日、琴音が『ポラリス』に来たのも、朱里の料理は言うまでもなく、彼女のアドバイスを求めてのことだった。

「食べながら話していい？」

「本当は食べることに集中してほしいけど、話したい気持ちのほうが大きそうだね」

「まあね。好き嫌いはよくないっていうけど、あれって本当だと思う？」

「琴音がそれを訊く⁉」

医者がする質問じゃないでしょ、と呆れながらも、朱里は天井の一点を見つめる。どんなことでも、こんなふうに真剣に考えてくれるのが朱里のいいところだ。

しばらく黙っていたあと、朱里は軽く首を左右に振って答えた。

「身体への影響は本当にわからない。でも、なんでも食べられるほうが楽しいんじゃないかとは思う」

「楽しいかあ……。でも、その過程として全然好きじゃないものを身体にいいからって無理やり食べさせるってのはどうなのかな……」

「それは時期によるよ。離乳食なら当然だし」

「それは別だよ」

離乳食期は、母乳やミルク、あとは白湯《さゆ》とか薄いお茶しか飲んだことがない赤ん坊に、重湯《おもゆ》や果汁から始めて、噛むことを覚えさせつつ少しずつ大人の食事に近づけていく。昔と今ではかかる期間も食べさせる順番も変わっているけれど、とにかく口に入れたことがないものを食べさせ続けるのが離乳食期である。

当然、嫌だと思えば吐き出すし、口に入れることすら拒否することもある。ただそんなことも、時を重ねることで減っていき、少なくとも固さという意味では大人と同じような食事が取れるようになっていく。

離乳食期で一度嫌がったからもう食べさせないではお話にならない。問題はその先、保育園や学校の給食を見据えての話である。

「なるほど、離乳食じゃない。とすると次なるハードルは給食?」

「給食もそうだし、家のご飯でもそうかな。親なら食の幅を広げてあげたいって思うだろうし」

「親じゃなくても思うよ。私がそうだもん。やり甲斐にも繋がってるし」

「やり甲斐?」

好き嫌いとやり甲斐がどう繋がるのだろう。

もともと朱里は、話をショートカットする傾向がある。最初と最後を語って途中をすっとばすから、意味がわからなくなってしまう。特に、長年の付き合いである琴音に対してはその傾向が強かった。

「あ、ごめん」

またか、という思いが顔に出ていたのだろう。朱里は謝ったあと説明を足した。

「お客さんが苦手だと思っているものを出して『美味しい』って言わせる。苦手を好物に変えられたとき、『よっしゃ！』ってなるんだよ」

「なるほどね。それは確かに勝った気になる。でもさ、わざわざお店に来て苦手なものを注文する人ってそんなにいないんじゃない？」

「そこはやりよう……」

朱里がククク……と鳩《はと》みたいに笑った。

その笑い方が、いかにも悪戯《いたずら》を成功させた子どもみたいで嫌な予感がする。朱里がこんなふうに笑うのは、大抵琴音になにかを仕掛けたときだった。

「もしかしてこれ……」

慌ててトレイの上に目を走らせる。

鯖《さば》の味噌煮は言うまでもなく、けんちん汁の中にも嫌いな食材は見つからない。

確かに、これまでにも嫌いだった食材を料理に入れられたことがあった。ものすごく細かく刻んであったり、擂《す》り下ろしてあったりで気づかないままに口にして、「これ美味しいね！」なんて感想を告げる。そのたびに朱里は大笑いで種明かしをしてくれた。その美味しさは、琴音が嫌いな食材を隠し味にしたおかげなんだよ、などと得意満面で言われるのだ。

いつものみじん切り、あるいは擂り下ろし戦術か、と改めて口に運んで確かめるが、しっかり味わっても違和感はない。添えられた漬物すら大好きな柴漬けで、琴音は大喜びしていたのだ。

「気づかなかったでしょ。実は椎茸《しいたけ》を使ってるの」

「え⁉　天敵じゃん！」

煮ても焼いてもなくならないあのグニャグニャした食感がどうにも耐えられない。ほかにも苦手なものはたくさんあるが、この世からひとつだけ食品を消していいと言われたら真っ先に選ぶ。それぐらい琴音は椎茸が嫌いだった。

「ひどい言い様ね。でもご心配なく、本体は入っておりません。干し椎茸の戻し汁をほーんのちょっぴり入れただけ」

「出汁《だし》！　なんか風味がいつもと違うと思ったら椎茸の戻し汁が入ってたのか」

「わからなかったでしょ？　でも間違いなく入ってるし、なんなら小松菜のおひたしに入ってる油揚げは椎茸と一緒に煮たやつ。たぶん琴音は、椎茸の食感が嫌いなだけで味は嫌いじゃなかったんだと思う」

「そうかも……」

またやられたか……と思いながらけんちん汁の中の人参を口に運ぶ。椎茸出汁のおかげかいつもよりまろやかな味に思えた。

ゆっくりと味わいつつ目を上げると、朱里は依然としてニヤニヤ笑っている。首を傾げると、彼女は『前回の悪戯《いたずら》』を告白し始めた。

「気づいてた？　前に来てくれたときにもやったんだよ。まあ、あのときは苦手なものそのものじゃなかったけど」

「というと？」

「お味噌汁を出したでしょ？」

「大根と油揚げのお味噌汁だったっけ？　あ、ワカメも入ってた！」

「それそれ。琴音はすごく気に入ってくれてたけど、あのお味噌汁、いつもと違う感じしなかった？」

「そういえば。お味噌を変えたのかなと思ってたけど……」

琴音は『ポラリス』で幾度となく和食セットを注文している。和食セットには必ず汁物がついていて、今日のように醤油仕立てのけんちん汁やかき玉汁、雛祭りにはちらし寿司に蛤《はまぐり》のお吸い物を合わせることもあるが、半分以上は味噌汁だ。

前回は鰤《ぶり》の塩焼きとご飯に味噌汁という組み合わせだった。副菜として小松菜とエノキダケの和《あ》え物と、ひじきと大豆《だいず》の煮物の小鉢が付いていたはずだ。琴音は少々貧血気味で、鉄分が補給できるひじきと大豆の煮物はありがたかったし、和え物の味付けが絶妙で褒めちぎったら、市販の白だしを味醂《みりん》で割っただけだと言われて唖然としたからよく覚えている。

鰤はたっぷり塩をして置いたあと、酒で洗い流してから焼いたそうで、切り身全体にほどよい塩味がついていた。焼き物、和え物、煮物……いずれも疲れた身体に染み入る料理だったが、あの日一番気に入ったのは味噌汁だった。

一口飲んだ瞬間、いつもより強い甘みを感じた。もしかしたら大根の甘みかな、と思ったけれど、大根だけではここまで甘くならないので、たぶん味噌を変えたのだろうと判断した。温かくて少し甘い味噌汁に身体のあちこちに残っていた緊張を解きほぐされ、和え物以上に絶賛した記憶がある。あの味噌汁にもなにか細工が施されていたのだろうか……

疑わしげに見る琴音に、朱里は笑顔で訊ねる。

「酒粕《さけかす》入りのお味噌汁って飲んだことある？」

「ない。嫌いだもん」

粕汁、粕漬け、甘酒……と酒粕を使う料理はたくさんあるし、近頃ではスイーツへの進出も著《いちじる》しい。だが、琴音は子どもの頃から酒粕を使った料理が苦手だった。身体にいいことはわかっているし、そのうち好きになれるかもと期待した。大人になってからも何度も挑戦してみたが、やっぱり好きになれず、今ではすっかり諦めてしまった。あの独特の甘みがどうしても受け入れられない。美味しいと思えないのだ。

朱里は琴音が嫌いなことを知っているので、これまで酒粕を使った料理が出されたことはなかった。その酒粕を朱里は味噌汁に入れたということらしい。きっと味噌汁ならわからないと思ったのだろう。

「いつもより甘いとは思ったけど、あれ、酒粕入りだったんだ……。酒粕嫌いの私にあんなに美味しく食べさせるなんて、さすが朱里だね」

「褒めてくれるのは嬉しいけど、実は酒粕じゃない」

「どういうこと？」

「酒粕じゃなくて麹《こうじ》。米麹がたっぷり入ったお味噌を使ったのよ。このあたりではあまり手に入らないお味噌をもらったから」

朱里には弟がいて、出張で全国を飛び回っている。地方で珍しい食材を見つけると買ってきてくれる。朱里曰《いわ》く、あまり客が増えそうにないカフェを経営している姉を心配して少しでも特色を出そうと躍起《やっき》になっているのだろう、とのことだった。

そして、あの大根の味噌汁は、彼女の弟が買ってきてくれた味噌で作ったという。

「酒粕《さけかす》と麹《こうじ》って同じようなものじゃなかったっけ？」

「同じ材料っていうか、酒粕の原料が麹。栄養価も使い方も似てるといえば似てるんだけど、麹は酒粕よりうんとサラサラしてて甘みも柔らかいの。酒粕が苦手な琴音でも、麹ならいけるんじゃないかなーと思ってさ。あとから適当に酒粕を入れるんだと匙《さじ》加減が難しいけど、もともと米麹のお味噌なら味は間違いないし」

酒粕も麹もビタミンがたっぷり入っていて、腸内環境も整えてくれる食品だ。ただ酒粕には特有の甘みと粘り気があり、苦手とする人も多い。効能としては、酒粕はダイエットや睡眠の質の向上、麹は疲労回復や美肌とされている。琴音は激務すぎてダイエットなんて無縁だし、状況さえ許せば三秒で寝られるほどだから、麹のほうが向いていると朱里は説明してくれた。

「そう言われれば麹のほうが向いていそう。そっか……あの甘みは麹だったのか……」

「米麹が入っていればいるほどお味噌は甘くなるんだって。あ、そうだ！　もしかしたら甘酒も、麹ならいけるんじゃない？」

甘酒には酒粕で作るものと麹で作るものがある。酒粕で作ると微量ながらもアルコールを含んでしまうが、麹はノンアルコール。口当たりも麹で作ったものはサラサラしていて飲みやすい、と朱里は力説した。

「麹で作った甘酒を飲んだことは？」

「ない。酒粕の甘酒が苦手だから同じようなものだと思ってまとめてパスしてた」

「じゃあ試してみて。美肌効果もあるから、荒れまくりの琴音のお肌も少しはマシになるかも」

「荒れまくり……」

失礼極まりない指摘だが、これも気のおけない関係だからこそ、と苦笑しつつも受け入れられる。こんな遠慮のない会話を交わしているうちに、苛立っていた気持ちがどんどん柔らかくなっていく。それでこそ朱里、それでこそ『ポラリス』だった。

「わかった。きれいなお肌を目指して、今度甘酒も試してみるよ」

「ぜひ。まあそれはさておき、酒粕が苦手でも麹なら大丈夫でしょ？」

「うん。麹ならなんとかなりそう」

「同じことが、好き嫌いにも言えるんじゃないかな」

その言葉で、好き嫌いの話をしていたことを思い出した。

「そういえばその話だったね。同じって？」

「タンパク質にも植物性と動物性があるし、動物性の中には魚も肉もある。その魚も白身だったり赤身だったり、肉も牛、豚、鶏、ジビエもある。野菜だって全種類食べられなくてもなんとでもなるよね」

ユーカリしか食べないコアラとか、ササしか食べないパンダに比べたら、人間の食生活はずいぶんバラエティに富んでいると朱里は言う。

「まあそうだね」

「ビタミンもミネラルも鉄分もカリウムも、この食品じゃなきゃ駄目ってことはない。ただし、納豆以外は」

納豆に含まれるナットウキナーゼは血栓を溶かし、高血圧や高コレステロール、血栓症などに効果的だが、その名のとおり納豆にしか含まれていない。ナットウキナーゼを取りたいと思ったら、納豆を食べるしかないと朱里は言う。

だが琴音に言わせれば、それは過去の認識だった。

「それすら、今はサプリで解決できるね」

「サプリ!?」

「うん。栄養はできるだけ食べ物からって考えてる朱里には悪いけど、ビタミンも酵素もけっこうサプリで補える。ナットウキナーゼに関していえば、整腸剤に入ってるタイプもある」

「なんだ、だったらなおさら問題ないじゃない。好き嫌いだって個性のひとつぐらいに考えていいんじゃない？」

「大人ならそれで済むかもしれないけど……」

「あ、子どもの話か……」

「うん。実は好き嫌いっていうか、偏食予備軍の子がいてね」

「好き嫌いと偏食って同じじゃないの？」

「ちょっと違うんだよね……」

答えと一緒にため息が出ていったのは、朱里のようにこの言葉を同じ意味だと思っている人が多くてうんざりしているからだ。

「医学上のはっきりした定義はないみたいなんだけど、おおむね、好き嫌いは基本的に生活に問題がない、偏食は心身の支障が懸念される状態ってされてる」

「わかるようなわからないような……」

「手っ取り早く言えば、嫌いなものの数」

たくさんある食品の中でいくつか食べられないものがあるのが好き嫌い、いくつか食べられるものがあるのが偏食、と説明される場合がある。食べられるものの数が圧倒的に違うのだ。

好き嫌いなら代わりになる食品を探すことが容易なので健康上の問題が出ることも少ないが、もともと選択肢が少ない偏食は難しい。成長するにつれて栄養の偏《かたよ》りが顕著となり、いずれ健康に支障が生じる。偏食は好き嫌いとは段違いの危険性を持っているのだ。

「へえ……それでその子はなんで病院に来てるの？　予備軍ってことは、まだ身体はどこも悪くなってないんだよね？」

「その子は今のところ大丈夫。患者は、その子本人じゃなくてお兄ちゃんのほうなの。ちょっと難しい病気を抱えてて、検査したりときどき入院したり。で、その子は一緒に来てるだけ」

「一緒って、今は病院には大勢で来ないでって感じじゃないの？　まだお留守番が難しい年齢なの？」

「それがさ……」

女の子は十歳で、治療中の十二歳の兄と二歳の弟がいる。兄が通院となると母親がついてこないわけにはいかず、二歳の弟を置いていくわけにもいかない。親戚も離れていて預けることもできず、その女の子は弟の面倒を見るためについてきていた。

「お母さんが来てるなら必要ないと思うけど」

「まあそうなんだけど、その二歳の子が全然じっとしてない子で、お母さんが説明をしっかり聞けなかったんだよ。二回も三回もそういうことがあって、それで女の子が、じゃああたしが行ってあげるって言ったらしい」

あまりにもお母さんが大変そうで、せめて説明のときぐらいは……と病院のスタッフが預かろうとしたこともあった。けれど、弟の人見知りが激しくてどうにもならない。ただ、弟はかなりのお姉ちゃん子で、母親が離れていても姉がいればなんとかなる。おそらく小さなお母さん状態なのだろう。病院側もその状況では仕方がないということで、みんな一緒に病院に来ていた。

「あらま。それは大変だね」

「本人は慣れてるみたいで、動き回る弟に案外楽しそうについて回っているけどね」

「ならまあ……それで、偏食についてはお母さんから相談を受けたの？」

「じゃなくて本人から。すごくかわいい子でね。お兄ちゃんの主治医である私とも面識があって、いつも元気に挨拶してくれるんだ。弟くんも私だと近寄るだけで大泣きってことにもならなくて」

白衣の医師、とりわけ男性医師には、近寄られただけで絶叫する。聞けば、以前ジャングルジムから落ちて病院で手当を受けたことがあり、トラウマになっているとのこと。まっとうな治療をおこなっただけなのに毛嫌いされるのは気の毒としか言いようがないが、こればかりは仕方がない。

幸い、琴音は若い女性だし、淡いピンクとかブルーといったカラフルな医療用スクラブを着用しているので『医者』と認識されていないらしく、大騒ぎになったことはない。そのため、お母さんとお兄ちゃんが検査に行っている間などに、弟を遊ばせている女の子と言葉を交わすこともあった。

「琴音、家族ケアもしてるんだ。忙しいのに偉いなあ……」

「偉くない。医者として、というか医療従事者なら当たり前のことだよ。病児の親の苦労はよく言われるけど、兄弟だって大変なんだから」

「そっか……。で、妹ちゃんとも仲良くなったと」

「うん。私も勤務明けで時間があるときは声をかけるようにしてたし、近頃は弟くんも自分から寄ってきてくれることもあってさ」

「わあーそれは嬉しいね！　妹ちゃんと話もしやすいし」

「そうなの。で、半月ぐらい前に『先生、好き嫌いある？』って訊かれて、ちょっとはある……って」

「ちょっとぉ？」

朱里がにやりと笑う。琴音の好き嫌いがちょっとどころではないことをよく知っているからこその反応だろう。

「いやいや、世界中の食べ物の数から考えたら私の好き嫌いなんて『ちょっと』だよ」

「そういうのを詭弁《きべん》って言うのよ。で、女の子は？」

「ちょっとかあーってため息つくから、どうしたの？　って訊いたら、一回飲んだらなんでも食べられるようになる薬はないのか、って……。理由を訊いたら、お母さんが大変そうだからって」

自分自身ではなく母を気遣う女の子に、琴音は言葉をなくした。

兄は病気を抱えている。弟も多動が著《いちじる》しく手がかかる。その上、自分は食べられないものばかりで食事の支度が大変すぎる。なんでも食べられるようになる薬があれば、少しはお母さんが楽になるだろうと……

「給食がろくに食べられないのがわかってるから、帰ってきたらすぐに食べられるものを用意してくれてる。それも市販のお菓子とかじゃなくて、ご飯の代わりになるようなものを手作りしてくれてるんだって」

鰹節をたっぷり入れたおにぎりとか、ツナとトマトのサンドイッチ、摺《す》り下ろし人参のパンケーキなどを用意してくれている。晩ご飯や朝ご飯にしても、メニューを考えるのも大変だろうに、飽きないように工夫してくれる。

使える食品の数が少ないというのは、食事の支度をする人間にとっては悩みの種だし、これなら大丈夫だろうと作っても食べてもらえなければ心が折れる。

今のところ健康に問題がないこともあって、自分より食事の支度をする母親についての悩みが深い。自分のせいで母親が苦労しているのが気にかかる、申し訳なくて仕方がないというのだ。

「そんなにお母さんは気にしてるの？」

「そりゃもう。本人の十倍は気にしてる」

それとなく母親に聞いてみたことがあるのだが、どうやら離乳食からうまくいっていなかったらしい。離乳食のすすめ方を間違えた、あるいは自分が料理下手だからかもしれない、と子どもの食事について一生懸命勉強したり、料理教室に通ったりしたそうだ。食材にもなるべく旬で美味しいものを使うようにしているし、時には産地直送のものも利用してもいる。それでもやはり食べられるものは増えず、肩を落としていた。

「そっか……お母さんの元気がないと子どもも落ち込むもんね。それが自分のせいだとわかってたらなおさら辛い」

「そうなの。しかもその子、困らせてるのはお母さんだけじゃないって気づいて、ますます……」

自分の食事だけ別メニューにしなければならない母親も大変だが、家族だって無関係では済まされない。たまには外食に、と思っても選べる店がほとんどない。みんなが食べられるものがある店をと考えると結局ファミレスになってしまう。

家族が大好きなものであっても、自分が苦手なら食べに行けない。自分は留守番するからといっても優しい家族は「またいつか」なんて笑っている。

先日、店に行けないなら家で食べればいい、家ならほかのメニューを用意することもできるからと焼き肉をやってみたそうだ。

せっかくだからと、いつもよりいいお肉を買ってきた。柔らかくてほどよく脂《あぶら》も入っているそれは見るからに美味しそうで、兄も父も大喜び。弟ですら「お肉、お肉」としきりに指さしていた。

食卓は和やかで幸せいっぱいの雰囲気となり、その子も、これなら食べられるかも……と肉を食べてみようとしたそうだ。ところが、箸で持ち上げてもなかなか口に入れられない。意を決して端っこを少しだけかじってみたけれど、お茶と一緒に呑み込むのがやっとでそれ以上は食べられなかった。

母がエビやイカを用意してくれていたから、空腹のまま食事を終えることはなかったし、みんなは「挑戦しただけでも偉い！」と褒めてくれたそうだ。

「いい家族じゃない。それに、お兄ちゃんの通院のたびに弟の面倒を見なきゃならないその子だってすごく大変だよ。ある意味お互い様だから、そんなに気にすることないと思うけど」

「私もそう思うんだけど、なかなかそんなふうに思えないらしくてね。しかもその子、めっちゃ敏感というか、空気をすごく読む子でさ。涙目で呑み込んだ直後に、お兄ちゃんの顔を見ちゃったらしいの」

けっして責めているわけではない。「挑戦しただけでも偉い」という言葉に嘘はないこともわかっている。けれど、一瞬過《よぎ》った落胆の表情を見逃さなかった。これでは焼き肉の回数は増えそうにない……という失望を感じたそうだ。想像に過ぎないかもしれないが、本人がそう思ってしまったのだから仕方がない。

おまけに、夜中にトイレに起きたとき、リビングから聞こえてくる両親の会話を聞いてしまった。

『来月はお兄ちゃんの誕生日だから、焼き肉屋さんに連れていってあげようと思ってたけどやっぱり無理そうね』

『シーフードがある焼き肉屋さんとかなら駄目かな？　イカやエビは旨そうに食ってたし』

『うーん……お兄ちゃん自身が嫌がるかも。自分の誕生日だからって、わざわざ妹が苦手な焼き肉を選んだりしない気がする。行ったら行ったで、やっぱり無理してお肉を食べてみようとするだろうし』

『焼き肉屋で食う肉は家とは全然違うから、もしかしたら食べられるかもしれない。でもそれって賭けみたいなもんだからな。誕生日にやることじゃない』

『私もそう思う。じゃあ、いつもどおり家でお祝いしましょう。お兄ちゃんが大好きなローストビーフとポテトサラダを作るわ』

『いいね。あとは寿司でも買ってこよう』

『素敵。お寿司ならみんなが大好きだものね』

『それもあるけど、あんまりいろいろ作らなきゃいけないと、お母さんも大変だろう』

『ありがと。助かるわ』

そこで両親の会話は終わったそうだが、その子は今日の夕食は兄の誕生祝いに焼き肉屋さんに行けるかどうかのテストだったと知ってしまった。そして、焼き肉屋は難しいと判断され、今年の兄の誕生日も例年どおり、母の手作りと持ち帰り寿司という結果になった。しかも、持ち帰り寿司は母の仕事を減らそうとする父の気遣いでもあったのだ。

母の料理はとても美味しいし、持ち帰り寿司だって大歓迎だ。けれど、兄が一番食べたい、両親も食べさせてやりたいだろう焼き肉が選べない。それが自分のせいだとなったら、落ち込むなと言うほうが無理だ。

朱里が呻くように言った。

「豊かすぎる感受性が辛い……」

「感受性が豊かなのは全然悪いことじゃないのに裏目に出まくってるよね」

「感受性の豊かさって、味覚にも関係あるのかな？」

感受性は心の問題とされやすいけれど、実は身体への刺激も含んでいる。空気を読む力も味覚も、外からの刺激に対する反応という意味では同じかもしれない、と朱里は言う。

「どうだろ……そうかもしれない」

「どっちにしても、人の身体って不思議だよね。なんで美味しいはずのものを嫌な味に感じたりするんだろ」

「うーん……憶測に過ぎないけど、もしかしたら味蕾《みらい》の数が人より多いからとか？」

味を感じる器官である味蕾が人より多いせいで、味や食感による刺激を強く受けすぎる。旨い不味いを通り越して痛みと感じてしまうこともあるかもしれない。

そんな説明に、朱里は大きく頷いた。

「可能性は高そう。でも、それが正解だったところでどうにもならないことに変わりはないか」

「そのとおり。本人はもっといろいろ食べたほうがいいことはわかってるし、お母さんだって食べてほしいと思ってる。どうしたら食べられるものを増やせるか、が問題なのよ」

「料理方法を変えるってのは駄目なのよね？」

「何度も試したけど、煮ても焼いても蒸しても揚げても肉は駄目。野菜もせいぜいタマネギや人参、ジャガイモぐらい？　あ、カレーに入れればナスやトマトもあり。生野菜は全般的にアウト。うんと甘いプチトマトならなんとか」

「成長期にお肉が駄目ってつらいね。ダイエットは無縁みたいだけど、全然喜べない。しかも、ダイエットは身体が受け付けないわけじゃないし」

「そう。ダイエットはやめた瞬間からもりもり食べられる。むしろ我慢してた分、美味しく感じるでしょ？　でもその子にはそういうのが一切ない。ただただ『嫌な味ー』って思うだけみたい」

「涙目で頑張ってるって聞くとほんとに辛くなるね」

「なんでも食べられたほうが楽しいし身体にもいいってわかってる。でも、その子は今のところ健康なんだよ。お母さんは小柄なことを気にしてたけど、もともと家族がみんな小柄だから遺伝の可能性も高いし」

「瓜《うり》の蔓《つる》に茄子《なす》はならぬか……」

「そう。だからこそ、そんなに頑張らなくていいよって言ってあげたくなる。特にお母さんはもっとのんびり考えてって」

「言ってあげればいいじゃない」

「何度も言ったけど、納得してくれないの」

「それは周りが悪い」

「周り？」

「たぶん、ずーっと責められてきたんでしょ。食べられないのは親の躾《しつけ》がなってないからだ、とか。それを言われちゃうと、親は焦るし、落ち込む。落ち込んでる親を見ると本人も申し訳なくなる。食べなきゃ、食べさせなきゃって、あれこれ作ってもやっぱり駄目。親子共々どんどん追い詰められる。もう修羅場《しゅらば》でしかないよ」

おそらくそのとおりなのだろう。

いくら本人や親が、これも個性、特性のひとつと受け入れようとしても周りが許してくれない。給食にしても、明確に食品アレルギーとわかっていれば除去食などの対応も期待できるが、偏食の場合はそうもいかない。給食で少しずつでも口にすることで食べられるようになった事例も少なくないだけに、教師も頑張れと励ます。

「正直、かわいそうだと思う」

その言葉を聞いた瞬間、自分の顔がこわばったのを感じた。

病気や障がいを抱える人に向ける『かわいそう』という言葉ほど嫌いなものはない。『かわいそう』は同情の代名詞だ。平成のドラマに『同情するなら金をくれ』という台詞《せりふ》があったそうだが、言い得て妙だ。同情だけではなにも解決しない。金とまではいわないが適切な方策が与えられてしかるべきだ。琴音は常々そう考えているし、朱里にも幾度となく語ったはずだ。

それなのになぜ今この言葉を……と思っていると、朱里が軽く頭を下げた。

「ごめん。琴音がこの言葉を嫌いなのは知ってる。でも、私にしてみれば『かわいそう』としか言いようがないの。だって、みんなが楽しんでる食事が、自分だけ修業、いわば『努力の時間』になってるんだよ?」

「努力の時間……?」

「そう、食事のトッピングが努力。ありえないよ。食の楽しみそのものを奪われてるみたいに思える。食べられないものを食べてみようってチャレンジが、家でもずっと続いてるならなおさら」

食欲は三大欲求のひとつで、たとえ病気に罹《かか》っていても食欲があるうちは大丈夫と言われるほど大事なものである。食欲を満たすことは生存する上で極めて重要かつ、大きな楽しみとなっている。

食事のたびに、食べられないものが出てくる。ちょっとでもいいから食べてみて、とすすめられる。その子の将来を思ってのことだとわかっていても、辛いに違いない、と朱里は言うのだ。

さらにものすごく真剣な眼差しで訊ねてくる。

「偏食予備軍のまま大人になった人っていないの?」

「いないことはない」

「病気がちとか？」

「そういうこともない。私が知っている人は、むしろ丈夫。家族が風邪を引いてても、その人だけピンピンしてるらしい」

予備軍のまま偏食そのものに至らない、健康なまま大人になった人は確かにいる。ただそれはたまたま運がよかっただけで、同じ状況でみんなが大丈夫とは言い切れない。だからこそ「偏食はよくない」と言われているのだ。

「でもさ、食事の楽しさを奪ってまで、食べられないものを食べられるようにする努力って本当に必要？　美味しくないと思って食べるご飯って栄養価が半減してる気がするんだけど」

美味しいから食べるならわかる。美味しいと思っていなくても嫌いでなければ苦ではない。だが、口に入れた瞬間吐き出したくなるほど嫌な食べ物を無理やり呑み込ませることに意味はあるのか、と朱里は唇を尖らせる。

「なんとか予備軍のまま大人になる手段はないのかな。あ、それこそサプリとか？」

「サプリもただじゃないから……」

上の子の治療にお金がかかる。補助はいろいろあるにしても、補いきれない部分も多い。離れた場所に住んでいるから、病院に来る交通費だけでも馬鹿にならない。その状況では母親が仕事に就くわけにもいかず、父親はひとりで五人の生活を支えている。今はなんとかなっているが、今後は教育費だってかかる。サプリに頼る生活は現実的ではなかった。

「今のところ、本人はどこも悪くない。お母さんはなにも言わないけど、大変なのは目に見えてる。なんでも食べられるようになる薬があれば……って思ったみたいよ」

「一回ってところがなんとも……」

「ずっと飲まなきゃならないのはお金がかかりそう。でも、一度きりなら……って思ったんだろうね」

「いい子すぎだよ。まだ十歳なのにそこまで……しかもお母さんに！」

十歳で実の母親にそこまで気を遣うのは珍しいのでは、と朱里はため息をつく。確かに、なさぬ仲でもない限り、まだまだ甘え放題の年頃だろう。

「ほんとにね。そんな薬があれば今すぐ処方してあげたいって思った。でも、ないんだよ」

冷静に考えたら、そんな夢みたいな薬があるわけない。母親をそれほど気遣えるのに、夢みたいな薬を期待する。それが十歳の少女のアンバランスさなのかもしれない。

「偏食の原因ってわかってないの？」

「今のところ……。科学的にこれってわかってれば、治せないまでも少しは気楽になるだろうに」

「ひとつなら許されて、たくさんあると駄目。じゃあいくつならいいの？　もしかしたらアレルギーが原因で身体が無意識に拒否してるのかもしれない。味覚が鋭敏すぎて食べられないのかもしれない。ただの我儘《わがまま》じゃないのに……」

「それを調べてあげるのが医者の務めなんだろうけど、あのお母さんに、妹さんの検査まですすめられない」

妹についての問題解決にはつながるかもしれない。けれど今でさえ大変すぎる状況にあるお母さんに、健康上の問題が出てきているわけではない妹にまで対処しろというのは酷すぎる。助言するにしても、もう少し兄弟が落ち着いてからにしないとキャパオーバーになってしまう。

琴音の意見に、朱里も頷いた。

「そりゃ無理よ。それに、アレルギー検査ってけっこうお金がかかるんじゃなかった？」

「ちゃんと調べようと思ったら、けっこうかかるかも……」

「『一回で治る薬』を欲しがる経済状況では難しくない？」

「そうなんだよね……でもさ……」

「そんな顔しないで。琴音は精一杯やってるよ」

兄を待っている姉弟の相手をしてやっているだけでもすごい。なかなかできることではない、と朱里は慰《なぐさ》めてくれる。それでも、目の前の患者を診るので精一杯な自分が情けなくてならなかった。

「偏食の原因について誰か研究してないのかな……」

「きっとどこかで誰かが一生懸命やってくれてる、結果がまだ出てないだけ……と私は信じてる。でも、それではどうにもならない。今すぐあの子に言ってあげられる言葉がないんだよ」

「だったらもう『パンダ理論』だね」

「なにそれ？」

きょとんとする琴音に、朱里は得意満面で言う。

「竹や笹しか食べなくてもご機嫌で生きてる連中がいる。人間だってきっとなんとかなる！」

「パンダねえ……」

「なによ」

呆れかえる琴音を、朱里が不満そうに見た。

朱里は拳を握らんばかりに言い切ったが、パンダは好きで竹や笹ばっかり食べているわけではない。自然界において、それしか食べるものがなかっただけの話だ。現に、動物園にいるパンダは果物やトウモロコシで作った団子なども与えられているし、虫や小動物を捕獲して食べた記録もあるそうだ。彼らがもう少し機敏に動けて、環境に恵まれれば竹や笹ばかりということにはならなかったはずだ。

それより心配なのは、パンダですら動物園では食の幅を広げている、あなたにだってできる、とか言われかねないことだ。トウモロコシ団子のほうが美味しいというのは人間の思い込みで、パンダにしてみれば馴染みのない食べ物に過ぎない。全然美味しくないけど、これだとお腹が空くのが遅い気がする、なんて理由でいやいや食べている可能性だってあるだろう。パンダが頑張ってるんだからあなたも、なんて励まされたら、あの子はさらに落ち込むだろう。

そこまで考えたとき、琴音は別の動物を思い出した。パンダと同じぐらい動物園の人気者、かつ好き嫌いの王者と言うべき動物——コアラだった。

「それを言うならむしろコアラかな」

「コアラ！」

「うん。あの子たちはガチで『ユーカリラブ』。しかもユーカリって毒があるんだよ」

「マジ……毒があるものをあんなに食べまくって平気なの⁉」

「消化器官が特殊らしい」

「毒でも平気で食べられる消化器官か……。人間にもそういうのがあればいいのに」

「人間の環境ではそんなものが備わる必要がないってことでしょ」

「そっか……人間って恵まれてるんだね。でもまあ、とりあえず『コアラ理論』は成立するよ。毒のあるユーカリだけで生きてる動物がいるんだから、お魚と野菜を何種類か食べられれば大丈夫」

「暴論だよ」

「暴論でもなんでも、その子の気持ちを楽にしてあげられればいいじゃん」

「楽に……なると思う？」

「思う、思う。だって、琴音はお医者さんだもん。周りからなにを言われても『お医者さんが大丈夫って言ってたんだから』って思える。なんなら説教してくる相手にも言い返しちゃえ！」

『コアラ理論』よりもひどい暴論だ。それでも、言い方は悪いが相手は子どもだ。もしかしたら本当に気が楽になるかもしれない。

ただ、それでうまくいったとしてもすべて解決というわけではない。

焼き肉屋さんに行けないという事実は残ってしまう。お兄ちゃんもすごくいい子で、泣き言も言わずに病気と戦っている。もちろん妹や弟にも優しい。そんな兄が、自分のせいで焼き肉屋さんを我慢していると思うと、妹はやはり気がひけるだろう。

「話してみるよ。それでも、焼き肉屋さんはどうにもならないけど」

「焼き肉って、本当にお店じゃなきゃ駄目かな？」

「家でもそれなりにはなるだろうけど、やっぱりお店とは違うよ。特に、炭火のところなんて段違いでしょ」

「炭火……確かに遠赤外線には勝てないねえ……。あ、じゃあさ、バーベキューは？」

バーベキューなら炭火だし、いつもと違う雰囲気が出せる。偏食予備軍の子は匂いにも敏感なことが多いが、屋外なら平気かもしれない。家族で郊外に出かけることはできないのか、と朱里は期待たっぷりに訊ねてきた。

「確か車を持ってたはず。ひどい雨の日とかは車で来てるし」

「車があるんだ！　だったらみんなで出かければいい。今は使い捨てのバーベキューコンロもあるし、もしかしたらその子も、炭火で焼いたお肉なら食べられるかも。偏食予備軍バーサス遠赤外線よ！」

そんな変な戦いは聞いたことがないが、試す価値はありそうだ。

これまではお兄ちゃんの病状がちょっと大変で家族で出かけることも難しかったが、最近施した治療のおかげでかなり落ち着いている。今なら郊外に出かけてバーベキューを楽しむことができるだろう。

そしてこれは、本人よりも母親に言ったほうがいい。ちょっとしたサプライズパーティにすることで、成功率が上がる気がする。

「わかった。今度お母さんに言ってみる。ついでにバーベキューができそうな場所も探して」

「場所は大事だもんね。主治医なら、どれぐらいの距離なら大丈夫かって判断もできるだろうし」

「これが原因でお兄ちゃんの病気が悪化したら意味がない」

「そうだね。逆に、みんなで楽しめればきっと病気だっていいほうに向かうよ」

「そうであってほしい」

治療に耐えるお兄ちゃん、文句も言わずに弟の世話をする妹、気儘《きまま》に動き回りつつも家族を笑顔にする弟、そして疲れを懸命に隠して微笑む母親。たまにやってくる父親もやっぱり疲れていて、それでも家族への気遣いを忘れない。

見るからに素敵な家族なだけに、今よりもっともっと幸せになってほしい。バーベキューがその助けになるなら……と琴音は意気込む。

帰ったらすぐに場所を探そう。あまり利用料が高くなくて、弟がそれなりに駆け回れて、でも見失ったり危険だったりしなさそうな場所を……

情報を与えたところで、行くという選択をしないかもしれない。でもそれはあの家族の自由だ。琴音としては、自分にできることをするだけだった。

「ありがと、朱里。帰ったら調べてみる」

「いい場所が見つかるといいね。でも、まずはしっかり食べて」

トレイの上の器は、どれもまだ空になっていない。食べながらのつもりが、ついつい話に熱中して箸が動いていなかった。

「温め直そうか？」

「いいよ。朱里の料理は冷めても美味しいし、冷めた煮魚って独特の旨みがあるもん」

「それはまあ……とにかくちゃんと食べて」

「了解」

そして琴音は元気よく食事を再開する。

問題解決の糸口を見つけたことで、いつもよりひと味もふた味も上がった気がした。

そんな話をしてから一ヶ月半後、琴音は『ポラリス』に続く階段を上がっていた。前回とは比べものにならない軽い足取り、もちろん気持ちだって『軽々』だった。

「あっかりー！　元気ー？」

ドアベルを打ち消すような大声に、朱里が目を見張って答える。

「うわー、過去一元気でご機嫌なお医者様の登場だ！」

「あはは、そりゃそうでしょ。ここに来るお医者さんは、空腹は限界、疲れ果ててヨレヨレの人ばっかりだもんね」

「しかもお医者さんだけとは限らない。うちに来る人って大抵ヨレヨレよ」

「それを元気にするのが朱里の仕事でしょ？　頑張ってー」

「はいはい。で、その上機嫌の理由は？　あ、もしかして前に話してたあの子？」

「そうなの！」

バーベキューでなら肉が食べられるのではないか、という朱里の提案に従って、帰宅するなり場所を探してみた。だが、夏ならたくさん見つかるバーベキュー会場もシーズンオフで休業中のところばかりだった。いっそキャンプ場で……と思って調べても、キャンプブームのせいか予約がいっぱい……偶然空いていても勝手に予約するわけにもいかない。キャンプ場のリストでも渡すしかないか、と思っていたとき、都内の大きな公園でイベントがおこなわれることを知った。

メインは若手ミュージシャンのコンサートなのだが、そのミュージシャンの地元グルメを紹介するイベントも兼ねていて、バーベキューも楽しめる。電車で気軽に行ける距離だし、肉ばかりではなく、野菜や海産物もたくさん用意されている。コンロや食材を用意する必要もないし、食べたい食材を買って焼くだけ。広い公園で遊具もあるから、弟も飽きずに済みそうだ。

折良く受診に来たお母さんに話してみたところ興味津々、その日なら夫も一緒に行けると喜んでいた。

そして今日、またお兄ちゃんが検査を受けに来た。経過観察のための検査で、さほど深刻な状況ではなく、待っている間にお母さんと話すことができたのだが、親子共々大興奮だった。

「先生、栞奈《かんな》が肉を食べたんです！」

「バーベキューのお肉ってあんなに美味しいんだね！　私、ちゃんと味わってお肉を食べたの初めてだよ！」

バーベキュー会場には海鮮も用意されていたから、そちらを食べるつもりだった。だが、両親や兄が大絶賛しているし、屋外のせいか肉を焼く匂いもあまり気にならない。試しにひとつだけ食べてみようと思ったそうだ。

いつもは無理やり呑み込んでいたので、今回も丸呑みしようと思ったけれど、やっぱり少しは噛まなければ喉を通らない。やむなく、二度、三度と噛んでみたら思いがけない美味しさだったそうだ。

「柔らかくて、ジューシーで、タレも甘くなくてすごく私の好きな味だった」

「甘くないタレが好きなの？」

「そうなんですよ！」

お母さんが興奮冷めやらない様子で言う。家では子どもが食べやすいようにと甘口のタレを使っていたらしい。ところが、その日は辛口のタレも用意されていて、父親がそちらを使っていた。その子はうっかり間違えて辛口のタレで食べてしまったそうだが、それがよかったという。

「大人でもはっきり辛いと思うぐらいのタレだったのに、すっかり気に入ったみたいで。子どもだから甘口がいいと思い込んでました」

「だって私、甘いの好きじゃないもん。あなごのお寿司だってタレを付けないで食べちゃうぐらいだし」

そういえばそうだった、と母子は笑い合っている。とにかく肉が食べられたのが嬉しくてならない、という感じだった。

あらためて母親が頭を下げる。

「先生、本当にありがとうございます。正直、バーベキューならいけるかも、と思ったこともあったんです。でも準備やらなにやら考えたら二の足を踏んじゃって……」

「あーやっぱり……。キャンプほどじゃないですけど、バーベキューもけっこう準備が大変ですものね。使い捨てコンロがあるにしても……」

「はい。バーベキューができる場所まで行くのも意外と大変ですし。でもあのイベントは距離も近いし、準備もいりませんでした。お金もそんなに……」

ミュージシャンの地元応援要素が強いイベントだったので、販売されているものの値段も比較的抑えられていた。特に食材はいわゆる『道の駅』に近い値が付けられていたそうだ。

だから、海鮮はもちろんお肉や野菜もたっぷり楽しめた。普段なら食べない野菜もしっかり味わって食べたそうだ。

「牛肉のサガリでしょ、豚バラでしょ、鶏のモモ肉も食べたよ。あと、ピーマンとおナスも！」

「すごーい、ピーマンは苦くて駄目だって言ってたのに」

「お父さんが面倒くさがって、丸ごと焼いちゃったんだよ。そしたら全然苦くなかった。おナスも焦げ焦げになったやつを『アッチッチ！』って皮を剥《む》いて、お醤油をバーってかけて」

「うわあー聞くだけでお腹が鳴りそう。でも、本当によかったね」

「うん！　私、お肉が食べられた！」

「来年のお兄ちゃんの誕生日には、炭火を使ってる焼き肉屋さんに行こう、って夫が言うんです。

節約、頑張らなきゃ！」

炭火焼きの焼き肉屋さんは高級店が多いから、と母親は笑う。家族五人が焼き肉を食べたらいくらかかるんだろう、と眉を寄せたものの、やっぱりすごく楽しそうで、こちらまで微笑んでしまう。

なにより、自分の助言が役に立ったのが嬉しくてならない。

そして、これは自分ではなく朱里の助言だったと思い出して、勤務が終わるのを待ちかねて『ポラリス』に駆けつけた、というわけだった。

「そこまでうまくいったかー。それはよかった」

「本当にありがとう。朱里のおかげだよ」

「でも半分は琴音のお手柄だよ」

「なんで？」

「だって、場所を調べても見つからなかったんでしょ？」

「まあね……正直、来年の夏まで無理かなーなんて思ってた」

「それでも諦めずに探して、イベントを見つけた。しかも、近くてバーベキューがお手軽に楽しめるイベントなんて最高じゃん」

「そういえばそうだね。そっか、半分は私のお手柄か……嬉しいなあ」

「よかったよかった。今後も乞《こ》うご期待、ってことで、次は琴音の番だよ」

「え、私も好き嫌い減らすってこと？」

それはちょっと……と尻込みする琴音に、朱里は大きく笑った。

「じゃなくて、しっかりご飯を食べなさいって話。どうせろくに食べてないんでしょ？」

「あ……」

さっさと仕事を片付けて『ポラリス』に行くことしか考えていなかった。おかげで昼休みもろくに取っていない。当然、お腹は空っぽ、虫が鳴きまくりだった。

「やっぱり……駄目だよ、ちゃんと食べないと！　食べるより寝たい、とかやめてね」

「ごめん。昨日からひとり学会に行ってて、ちょっとオーバーワーク気味でさ……」

同僚が出張すると診なければならない患者数が激増し、食事や睡眠がおろそかになる。限られた時間の中で優先されるのは、食欲よりも睡眠欲を満たすことだ。空腹は血糖値を上げるだけの補助食品でなんとかできても、睡眠だけはどうにもならない。寝不足でふらふらの頭で的確な診断が下せるわけがなかった。

おそらく朱里もそんな事情は百も承知で言っている。誰かが言わなければ、という義務感もあるのだろう。友だちとしてありがたい限りだった。

「できるだけここに来るようにする。来られない日も自分で気をつけてちゃんと食べる。それでいい？」

「……しょうがないよね。でも、本当に気をつけて。琴音になにかあったら困る人はいっぱいいるんだから」

「うん。患者さんに迷惑をかけちゃいけないもんね」

琴音が勤める病院ほどの規模になると、地域のクリニックでは十分に治療ができない病の患者が多くなってしまう。月単位では語れないほど続く治療の中、ただでさえ大きな不安を抱えている患者に主治医が代わることでストレスを与えるのは避けたい。ゼロにはできないにしても、健康を害して現場を退くなんて事態はもってのほかだった。

ところが、うんうんと頷く琴音に、朱里は、はあーっとため息を吐いた。

「琴音って……本当にわかってないよね」

「なにが？」

「琴音になにかあって一番に困るのは私なんだよ」

「え……なんで？　あ、売上げが減ったら困るよね」

「売上げ！　そんなのどうだっていいよ！」

朱里の説明によると、『ポラリス』が入っているこのビルは、知人の持ち物だそうだ。家賃も相場に比べてずいぶん安くしてもらっている。それほど客が入らなくても赤字にならないおかげで、のんびり商売ができる、とのことだった。

「毎日来てくれるような常連さんならともかく、来店頻度が月に一、二度の琴音が来なくなっても売上げ的には大した影響はないよ」

「うわ……はっきり言われた！」

「事実だもん！　問題はそういうことじゃなくて、琴音が来てくれないこと自体が困るの！」

「だから、なんで？」

「友だちだからに決まってるじゃん！」

「お？」

「いくら足繁く通ってくれてもお客さんはお客さん。でも琴音は友だちでしょ？　泣き言だって聞いてくれるし」

「泣き言……？　覚えがないよ」

朱里に泣き言を聞かされたことなんてあっただろうか……少なくとも、大人になってからはない気がする。むしろ、琴音が愚痴を垂れ流した回数のほうが遥かに多かった。

けれど、朱里にしてみれば、実際に言ったかどうかは関係ないらしい。

「言ったら聞いてくれる。そう信じられることが大事なの。もっとひどいことを言えば、よれよれになってやってきて愚痴を垂れ流す琴音を『よしよし』ってやってると、なんだか癒《いや》されるんだよね。毎日大変だけど、琴音はもっと大変だあー、私なんて序の口だーって！」

「性格悪いよ！」

「ごめんって！　でも、ふたりともほとんど同時期にこの町に来たでしょ？」

「そうだね。私が今の病院で働くことになってすぐに、朱里が『ポラリス』を開いた。びっくりしたけど、もしかして私がここで働くって知ってたの？」

「まさか。知り合いが、持ちビルに空いてる部屋があるから店でもやってみないか、ってすすめてくれたから乗っかっただけ。最初は場所も覚束なかったんだけど、来てみたら琴音の病院の目と鼻の先だった」

　さすがに近すぎてびっくりした、と朱里は嬉しそうに言う。そしてそれは、朱里だけではなく琴音にとっても幸運なことだった。

「私はわざわざ行かなくても琴音に会える。琴音はしっかりご飯が食べられる。ウィンウィンだよね！」

　だからこれからも『ポラリス』をご贔屓《ひいき》に、と朱里は大仰に頭を下げた。

　朱里が自分の店に『ポラリス』という名前を付けると聞いたとき、いかにも彼女らしいと思った。ポラリスの和名は北極星、天の北極にあって旅人の目印とされる星である。なにが起こっても動じず、笑い飛ばしてしまう。朱里の笑い声は明るく高らかで、聞いているうちにこちらまで「なんとかなるか……」などと思わされる。

朱里は、琴音に癒されて生きていると言うが、彼女の存在は悩みを抱える多くの人の気持ちを軽くし、生きていくための道標《みちしるべ》になっているのかもしれない。

『みんな北極星は動かないと思ってるけど、本当はちょっとずつ動いているんだよ。どんなに固い信念の人でも時にはぶれる。そこがいいし、それでいい』

店名の話をしたとき、朱里がそんな話をしていた。

ちょっとずつ動く、時にはぶれる。それはきっと朱里本人にもあてはまるに違いない。それでもなお、悩みを抱えた人に「大丈夫だよ」と言い続ける。明るい笑顔と豪快な笑い声を添え、自身の迷いなどこれっぽっちも匂わせずに……

朱里がこの店を開いたことで、どれほど多くの人が救われたことだろう。

そんな朱里が自分を必要としてくれる。自分に癒《いや》す力があるとは思えないけれど、本人がそう言うのだから信じるしかない。

――朱里こそが『ポラリス』。その『ポラリス』が道標となる光を放つために必要な存在が私なんて素敵よね……

朱里は、鮭の西京焼きをご飯にのせて頬張る琴音を満足そうに見ている。母親みたいな笑顔に微笑み返し、琴音は自分のためにも彼女のためにも訪れる機会を増やそうと考えていた。

ひょんなことから、
とある豪邸の主のために
夜食を作ることになった佳乃。
彼女が用意したのは、賞味期限切れの
食材で作ったいい加減なリゾットだった。
それから1ヶ月後。突然その家の主に
呼び出され、強引に専属雇用契約を
結ばされてしまい……
職務内容は「厨房付き料理人補佐」。
つまり、夜食係。

◉文庫判　◉定価 1巻:650円+税　2·3·4巻·外伝:670円+税

illustration：夏珂

ありふれたチョコレート
AN ORDINARY CHOCOLATE BAR
秋川滝美
TAKIMI AKIKAWA
1 2
大人気シリーズ
待望の文庫化!
あくまでも平凡。
だからこそ
特別なものがある。

秋川滝美
ありふれたチョコレート1
特別なものがある。
秋川滝美
ありふれたチョコレート2
特別なチョコを平凡なチョコレートにするため、
NYで大奔走!?